郑慧生诗文集
ZHENG HUISHENG SHIWEN JI

郑慧生　著

河南大学出版社
HENAN UNIVERSITY PRESS
·郑州·

图书在版编目(CIP)数据

郑慧生诗文集 / 郑慧生著. --郑州：河南大学出版社,2025.3. --ISBN 978-7-5649-6278-4

Ⅰ.I217.2

中国国家版本馆 CIP 数据核字第 2025JR7718 号

责任编辑　李　云
责任校对　陈　炜
封面设计　马　龙

出　版　河南大学出版社
　　　　　地址：郑州市郑东新区商务外环中华大厦 2401 号
　　　　　邮编：450046
　　　　　电话：0371-86059752（大众文化出版中心）
　　　　　　　　0371-86059713（营销部）
　　　　　网址：hupress.henu.edu.cn
排　版　郑州市今日文教印制有限公司
印　刷　郑州市今日文教印制有限公司
版　次　2025 年 3 月第 1 版　　印　次　2025 年 3 月第 1 次印刷
开　本　890mm×1240mm　1/32　印　张　9.5
字　数　182 千字　　　　　　　定　价　40.00 元

（本书如有印装质量问题，请与河南大学出版社营销部联系调换）

目　录

小说集

王老三捉贼 …………………………………（ 3 ）
少年时 ………………………………………（ 5 ）
大别山，我的亲娘 …………………………（20）
一个在党旗下举过拳头的人 ………………（33）
五更渡 ………………………………………（39）
缘分 …………………………………………（43）
王老五怕说穷 ………………………………（48）
手语 …………………………………………（50）
公断 …………………………………………（52）
私了 …………………………………………（53）
和解 …………………………………………（54）
态度 …………………………………………（55）

从"三味书屋"到"百草园"……………………（56）

诗歌散文集

南阳街头……………………………………（91）
寂寞………………………………………………（92）
中原逐鹿…………………………………………（93）
千里家国…………………………………………（94）
淘金传……………………………………………（95）
愁斯岭记…………………………………………（119）
雪…………………………………………………（122）
丹江边上…………………………………………（131）
丹江的传说………………………………………（138）
开封——文化城…………………………………（143）
我所认识的第一个人民县长……………………（148）
海阔天空　大气大度
——学习王善道老师　………………（152）
孜孜不倦　卓然风范
——悼郭人民先生　…………………（162）
悼人民师…………………………………………（166）
周雁与《寻根》…………………………………（167）
河南的名流文化…………………………………（173）
黄河三姿…………………………………………（176）
保卫黄河…………………………………………（181）

人过留名……………………………………………（184）
我第一次见到中国人民解放军……………………（192）
偃师第一次解放和齐五兴的被杀…………………（196）
开封的春天…………………………………………（205）
开封的黄沙…………………………………………（207）
不走…………………………………………………（210）
生意经………………………………………………（213）
从《霍元甲》到《零的突破》……………………（215）
看《垂帘听政》所想到的…………………………（217）
从《少林寺》到《火烧圆明园》…………………（219）
开封的风沙…………………………………………（221）
小屯村的今昔………………………………………（223）
我们的家族"四旧"…………………………………（226）
我所知道的河南大学………………………………（235）

序 跋 集

《上古华夏妇女与婚姻》后记……………………（247）
《安贞史论集》编后记……………………………（249）
《中国文字的发展》序言…………………………（251）
《九歌考释》序……………………………………（255）
《古代天文历法研究》后记………………………（258）
《甲骨卜辞研究》后记……………………………（260）
《认星识历》自序…………………………………（264）

《认星识历》后记……………………………（269）
《司马法校注》后记…………………………（271）
《中国古代文化专题》后记…………………（273）
《先秦史要籍介绍》封底文字………………（275）
《〈山海经〉简注通说》后记…………………（276）
刘配书先生《我读〈现汉〉第5版》读后……（278）
《究学碎语》序………………………………（279）
《春秋时期鲁国历法研究》序………………（284）
《星学宝典——〈天官历书〉与中国文化》后记……（289）
《孙作云文集》出版…………………………（291）
《汉字结构解析》序言………………………（294）

小说集

王老三捉贼

　　王老三家徒四壁，开门睡觉不怕贼偷。这天晚上，他走进家门，怀里揣着一颗红薯——这是他唯一的财富，躺在床(就是墙角里铺着的稻草)上，呼呼睡去。风儿吹着门响，王老三不理，只是更紧地搂着自己怀里的红薯。

　　门(不过是几根荆条编成的笆子)自动地打开了，没有人理它；从门后露出一对滴溜溜的眼睛，还是没有人理它；等到从门外探进一只脚、伸进一双手来，也还是没人理它。

　　于是，那一只脚又往前探，那一双手向宽处摸。从光溜溜的四壁摸到了王老三的床前，摸到了王老三，摸到了王老三怀里的红薯。

　　王老三既不知，又不觉，还是呼呼睡着。

　　突然，一刹那，就是那双手，抓住红薯，从王老三怀里猛一拽，一步蹦出了门外。

　　"有贼！"王老三一跃而起，也是一步蹦出门外。

一个偷儿,一个王老三,抱定红薯的在前飞跑,丢了红薯的在后急追。街道在他们的耳边闪过,旷野向他们的面前扑来。偷儿左拐,王老三左拐;偷儿右旋,王老三右旋。左拐右旋,偷儿甩不掉王老三,王老三追不上偷儿。

突然,前面地上,横拦着一条鸿沟,偷儿一个箭步跨了过去。

王老三一步蹬空,扑通一声,落到了沟底。偷儿忙回过头来,看着跌坐在沟底的王老三;王老三跌坐沟底,看着探头向下的偷儿。

王老三向上伸出两只手,想爬上沟去;偷儿放下怀里的红薯,伸手来拉王老三。

两双手扣紧了,同时一拽,王老三一步蹿上了沟。

偷儿猛醒,丢开王老三,转身又开始飞跑。

王老三向着偷儿,拼命大喊:

"慢着!慢着!你掉了东西,掉了你的红薯!"

(原载《梁园》1980年第2期)

少年时

失望带来的惆怅已经渐渐消逝,
少年时候的哀愁也越来越冷淡。
但我怎么也斩断不了一个痴想:
有一天你会突然在我眼前出现。
那时我会怀着久别重逢的喜悦,
第一句话我就要这般地问你——
可还记得中学时唱的那一支歌,
它的开头是:"当我们十六岁那年?"

朱兆瑞:《无题》。
——载《星星》1957年第6期

一、丫头

那丫头,她已经做了祖母了吧!
小时候,她简直像个赖小子。溜冰、摸鱼儿、爬坡、上树,什么都干。长成大姑娘了,添了几分文雅,却盖不住原先的野气。

人们把成熟了的秋高粱比作喝醉了酒;她就像一棵喝醉了酒的红高粱。

假期放学,我俩一起开会,一起站岗。月夜,扛枪巡逻到了村外……

天空,一朵白云飘过,正是云遮月、月蒙脸的时候,年轻人呀!还有什么害臊的话儿说不出口呢?

"……"

"我不信,你能永不嫁人,当一辈子'丫头'!"

"那也不能嫁给你呀!"

"为什么?"

"为什么?!你们洋学生,身份高呢!明天进了城,处处攀扯着你,那才是,给你当一辈子'丫头'呢!"

接着,我上了大学,进了城。她在乡里,和一个农民结了婚,不久就做了母亲。

假期回家,她在村口拦住我,把孩子塞到我怀里:

"给你。抱一抱,亲一亲。怎么,愣啥?自个还没有。是个儿子呢!别怕给衣服弄脏。我知道,你们男人都是假干净,假斯文。你等着,有给人洗裹脚布的时候……"正当她话不停口地呱啦着,突然"扑哧"一声,小孩冲我拉下一泡稀屎,溅了我满胸满怀。

我,又怕沾脏,抱着孩子又不能丢手。她拍掌打膝地大笑了,笑得满眼泪水,直不起腰来。

我呆若木鸡,动也动不得。她笑够了,擦擦眼泪说:

"别恼!这是好兆头。娃儿屙一身,明年就搬亲。俺这是头生娃,兆头可准了。你得谢谢俺娃儿。走,别哭丧脸了,我给你洗去。"

在村外小河旁,我给她抱着孩子,她给我洗着衣裳。洗呀,洗呀!衣服洗得白里泛青,她闻闻,说还是有臭味儿。

"不能有臭味呢!要不,明日进了城,叫那些大学里的小妞儿闻到了,不定嚼什么蛆呢!哎,我给你说句正经话,下次放假,你也带个小妞儿回来,让——"

"让大妞儿看看,是不是?"

"呸,你坏。俺可不是什么大妞儿,早成老婆子了。是不是,乖乖?"她说罢噘起嘴唇,向着我吻来,吻了我——怀里的孩子。

傍晚,她的丈夫找她来了,是个憨厚的农民。见了面讪讪地笑着,邀请我到家里吃饭。

我谢绝了。

丈夫给她抱上孩子,她跟在丈夫后面走了回去。一路上逗着孩子说话,直到我看不见了、听不见了。

二、小妞儿

大学里的小妞儿是有的。

我们,互不相识。但听说——

她,一个丁香似的结着愁怨的小妞儿,却搅动得整个大学的恋爱迷们,轰轰然如蝶恋花,嗡嗡然如蜂逐蕊。

每个星期天,她都能接到一大批约会信,但她总是深居简出,哪儿也不去,谁人也不睬。只要是不相识者寄来的邮件,统统丢入火炉,不拆不看。

凡事都是旁观者清。我深知,女人所爱的,是男人的尊严。那些死皮赖脸的求婚者们,你们丢掉了自己的尊严,叫小妞儿如何爱你?

因此,在阅览室学习,第一次,她坐到了我的对面。几个钟头,我连眼皮也没抬。下班铃响,我挟起书本,掉头而去。

第二天,她又坐到了我的对面,我依然是眼皮不抬。

第三天,她又坐到了我的对面……

就这样,我们总是坐在一起。半年过去了,可还是总不说话。

一天,正在晚自习,突然停电,阅览室一片漆黑。我长叹一声仰在椅上。听对面的她,啪啪合上书本,橐橐走了出去。

我摸索着收拾东西,走回寝室。早上检查书包,一本黑格尔的《大逻辑》不见了。阅览室桌子上是摸索过的,不会遗忘在那里。是了,一定是那个小妞儿拿错了,晦气!

第二天,我从教室下课回来,听到后面有人叫"黑格尔"。转身一看,是小妞儿,像丁香一样的小妞儿,拿着那本《大逻辑》,向我招手。

"怎么,我叫黑格尔吗?"我问她。

"不,不,谁让您不说自己的名字,又一个劲往前走,头也不回。这是您的书,我拿错了,您也不来要。给,还您。"

我接过书,随手一翻,从中掉出几张电影票来。她顿时飞红了脸,气得哆嗦。我把电影票拣给她,说:

"你的。"

"不,不,这不是我的。这……一定是刚才课间操,趁我不在,什么人夹进去的。我不要。您如果想看电影,您就拿去。"

"但人家邀请的是小妞儿,不是我呀!"

"那你就装个小妞儿,不就得了。"她说罢觉得可笑,失声笑了。

我也嘿嘿笑了,她随手把那票撕得粉碎,顺风撒了出去。却忽然低下头,怯怯地说:"你要看电影吗?我另外买票送你。咱们去,好吗?"

"那么,你为什么不和那些人去呢?票已经送来了。"

"那些人吗?讨厌死人了。可是你,你为什么不送票给我呢?"

"我吗?"我看一眼地上的纸屑,说:"怕遭到这样的命运!"

"原来你,你也想送票给我呀!但是你不敢,你胆小,你没有勇气,对吗?"

这一个星期天,我们一道看了电影。下一个星期天,我们一道游了公园。在林荫小道上,她讲了许多琐碎的、无聊的故事。她说,在她们家里,爸爸喜欢不说话的人,妈妈喜欢爱说话的人,"你猜,我喜欢什么样的人?"

"你喜欢会说话的人——在人前,对你默默不语;在背后,向你滔滔不绝。"

"你,你,你真会说话。"

她又说,她爸爸喜欢集邮;妈妈喜欢剪贴;而她自己,喜欢照相。

"我有许多照片,很好的照片,都保存着,不让别人看。"——她这句话是在逗我。

"那你就保存好,莫让别人看到了。"——我保持着男人的尊严。

她失望了,沮丧地说:"你呀!你……真是个黑格尔。"

——上帝给人以爱情的冲动,也给人以爱情的羞涩。

就这样,在爱情的罗网里,她在追着我、躲着我,我在躲着她、追着她。装模作样,藏头露尾。恋爱,就是这样的不即不离、似是而非。

就在这半推半就、难舍难分的当儿,突然地,有一天,大鸣大放,狂飙袭来。在哲学系,辩论南斯拉夫,辩论赫鲁晓夫,辩论黑格尔,辩论马克思!

她,在这火红的日子里,依然保持着沉默。公众场合,从不登台讲话,她怕惹起恋爱迷们的重新追逐。但每逢这样的场合她都参加,因为在那种场合我总要讲话。

然而,霹雳一声:"这是为什么?"反右开始,我被划为右派。

在暴风骤雨的日子里,我没有看到过她。每当我被拉出去批斗时,我总要在会场上用目光找她。莫非还是由于过去的原因,不愿在公众场合抛头露面吗?我没有找到过她。

但我终于看到她了。一次,我奉命低头扫马路,直了直腰,只见楼上窗口里,她正注目向我凝视。看到我回头望她,立即目瞪口呆,不知所措。

大学生活夭折,我被送去劳动教养。汽车开动了,她却从远处追了过来。我连忙写了一张纸条丢给她:

"我恨我自己,更甚于恨别人;我爱我自己,也更甚于爱别人。"

从此,我再也没有听到她的消息,我也不愿听到她的消息。二十年后省里召开逻辑学会,老同学大部分都去参加。回来后他们说:

"小妞儿也去参加会了,她在问你!"

三、姑娘

三年的劳动教养结束了,我被分配到一个偏僻小县戴帽工作,担任机关的废物保管员。

机关,坐落在汉江边上,保管室的后窗又向着大江。清晨,看漫江大雾;傍晚,听江水呜咽。遇到风和日丽的天气,更有红女白婆,点缀两岸,传来一片捣衣声。我则低头清账,不暇他想。

一天,有人在我的窗前站下了,我抬头一看,是一位白衣姑娘,扛着一篮子脏绷带,大概要下河去洗。

我问她:"姑娘,您有什么事?"

"我,想讨三个铅字。我不要你的,用过就还你。我,要写入团申请书……"

"要盖手章,是不是?可是铅字不能做手章。我给你刻一个吧!"我取出蜡纸,给她画了个图章,"拿去把指头着上印色,在上面一按就行。"

"谢谢您!"

从此,姑娘从我的窗前经过,总要打一下招呼。我开始注意她了。每天,每天,她都要下河去,仿佛有洗不完的绷带。

有时候,她也站住问一声:"您有脏衣服吗?拿过来,我给您洗。"

"不,您那么忙,每天都有那么多东西要洗。"

"这个,没有什么。我是临时工么!"

她有了什么喜事也会跑来告诉我,诸如入团批准了、临时工转正了之类。

有一天,下雨了,她躲到我的窗下避雨。闲中打量我的屋子,那里除了破书、旧报、杂物尘积之外,属于我个人的东西,只有一只火柴箱和一卷行李。她看了又看,嗫嚅地说:

"……你,也该说个亲了。"

"说亲？说个什么人呢？愿意养活我的人，哪儿有呢？"

"怎么没有呢？说个农村人呗！"

"……"我无语。

"……你是好人！"

"不，姑娘，我是右派。"

"这个，我早就知道。可是你，为什么要当右派？那多么不好啊！"

"姑娘，这由得了我吗？"

"你，你不会去给领导讲讲，多认个错，不就行了。别怕丢人，别舍不得脸面。"

"不要说了，这个你不懂。"

"是，我不懂。可是我知道，别人叫我干啥我就干啥。院长叫我扫地，医生叫我倒痰盂，护士长叫我洗绷带……只要领导叫干，我都干。"

"那，当然好！"

熬过了几年的岁月，终于等来了这一天，领导在大会上宣布，摘掉我的右派帽子。

散会以后，我拖着步子走回保管室。刚关上门，就听到背后窗口有人叫我。回头一看，姑娘用羞涩的含波欲流的眼睛看着我，欲言又止，好难启齿：

"我，有件事要告诉你。你，不能给别人讲。是件喜事。"

天哪，我这算什么喜事！大会已经宣布过了，还有什么不能说的。

"这我,只让你一个人知道。别人知道是别人知道,可你不准对别人说。"

这姑娘,究竟是怎么回事呢?

"……我,要结婚了。"

"和谁?"

"和他。他是你们局里的秘书。"

"你认识他?"

"不认识。不,不,昨晚认识过了,院长领他来。"

"你,你同意?"

"我,有什么不同意的。人家是领导嘛,跟着领导还会有错?"

几天之后,他们举行结婚宴会,全体同志出席。我因摘过帽子也荣幸被邀;又因戴过帽子而坐在最远的角落,免遭物议。

灯红酒绿,宴会开始。新郎新娘就座,一切典礼如仪。最后,新人敬酒,他们夫妻来到我面前。她,被花枝招展的盛装覆盖着,显得局促不安。看到我,老相识了,神态才有些自然。但官场的辞令她不会说,只说:"给你,喝吧!"

我连饮三杯,一气而尽。新郎毕竟是做秘书的,又斟一杯酒给我,说:

"同志,政治问题解决了,也是个大喜,我再敬一杯,表示祝贺。"

我接过来一气咂干,但却咽不下去。等他们走开,连忙转身向着窗外……

窗外一片昏黑,从窗纸里射出的光,只能照亮窗台咫尺。我把嘴里的酒吐向窗外,喷得嘴里嘴外都是酒。

不久,大学里又需要"黑格尔",组织调我回去!

临行那天,他们夫妻来送行。我上了汽车,要走了。她还是官场话儿不会说,重复了当初说的一句话:

"……你是好人!"

秘书施展着秘书的才能。他说:

"在我们这个跨向共产主义的时代里,人人需要改造,才能跟得上时代的步伐。同志,我们要以只争朝夕的精神,用毛泽东思想来改造自己呀!因此,我祝你在思想改造的路上,前进,再前进!"

"……前进,再前进。"她也学着丈夫的口气说,因为丈夫是秘书,秘书是领导,她是要跟着领导的呀!

但姑娘毕竟还是姑娘,在"前进"之后加上了一句自己的话:

"这一次,你……可该说个亲了。"

汽车开动了,他们被抛到了后边。此时此刻的我真想放声大哭,但又想不出要哭的理由。

四、少女

历史的问题终于作出了历史的判决,在20世纪70年代的最后一年,传来了改正冤假错案的消息。我无语。

接着,书记送给我右派改正通知来,他激动得掉泪。

我却连眼皮也不眨。因为,我的心已经死了,而死了是不能复生的。是吗?哪儿听说过,一个死人,听了追悼会上念的悼词——那往往是世界上最好的悼词,会高兴地跳起来,说一声"谢谢大家"吗?

但我在继续等待着,等待着她来。

她,时代之骄子,一个1970年代"考上的"大学生,满怀着热情和狂放,来寻找知识和真理。

她来了,会像一阵风似的旋入门内。打开窗子,放新鲜空气进来;揩去尘土,让油漆桌子放光。然后端坐在我的对面,问百慕大三角、问蒙娜丽莎,还有爱是普遍的,美是永恒的。……讲到忘情处,使人忘记这是一个老光棍和一个少女。仿佛天地间只有爱、只有美,而没有什么左派、右派、改正、昭雪……

终于,车铃响,她来了。不等合上书本,就跳到了我的面前:

"走,今天天气好,出城去,写生看大自然。来,我给你把书放起来。咦,怎么这里还有诗,是你作的?《草原——情歌》怎么在写情歌?'骑着快马追姑娘',老头子了,还追什么姑娘……"她双手捶着我的胸前,拍打起来。

我被拍打得上气不接下气,可是还呵、呵地说:"老头子了,也是可以想情歌,怎么不想情歌?"

她吵够了,嚷够了,卸下自己的旅行袋、水壶,还有那块标志她职业的大画板,一股脑儿往我脖子上挂。"你,你,你要干什么?"

"干什么？背上！你是男人么,男人就该背东西,可不准光想情歌。走!"她拉我走出门外,让我锁门,自己蹬上车,一溜烟兜上一圈,又蹓到我面前:

"坐上呗,发什么呆？走,带你出城,看蓝天,看白云去。"

我跨上自行车后座,随她去了。

就这样,一个花枝招展的少女,带着一个白发皤如的穷酸,穿车水,闯马龙,招摇过市。引得行人侧目、惊愕、诧异。

自行车来到郊外。

郊外,是无边无尽的原野,广袤辽阔的天地。自行车飞驶在田间大道上,清风拂面,令人心旷神怡。

"要下坡了,抓住我,坐牢靠。"她叫。

"捏闸!"我说。

"不,放飞车!"她一边叫着,一边蹬车站了起来。

自行车像脱了缰的野马,径直向下冲去。耳畔,只听得风声呼呼；眼前,只看到大道扑来。天在旋,地在转,人在抖,车在跳。道上行人飞也似的闪开,闪开后却又没命地鼓掌叫好。

自行车终于冲到坡底,把惊呼的人群甩在后面,速度缓慢下来。她喘过一口气,心有余悸地说:

"啊！太惊险,太可怕了。我以为就要摔死,真想闭上眼睛。"

"你怕了吗?"我问。

"开始的时候并不怕;真的飞起车来,倒害怕了。要不是后面带着你,我真的要跳车了。你,你不知道害怕?"

"我只感到痛快,没想到害怕。"

"那你为什么要我捏闸?"

"这个?开始的时候我感到害怕,后来反倒不怕了。"

在一片树林边上,我们下了车。她把车靠好,坐在软绵绵的草地上,向我发号施令:

"坐下。拿过来,我要的是那个,旅行包。打开,里面有香肠、有面包、有果子露。不,我不要你吃这个,我要你吃鸡。还有,水壶,让我尝尝。好,你喝。"

我正感到口干,接过水壶就喝。咕咚一口,哎呀!像一团烈火滚进喉中,呛得我连打两个喷嚏,眼泪、鼻涕都喷了出来。

那壶里的不是水,而是烧酒。

看着我的狼狈相,她掩口而笑了。递过来手帕,帮我擦去唾沫。她,为了表示自己的勇敢,也抓过水壶,啜了一口。顿时,她的脸飞红起来,咳嗽两声,又下了命令:

"去,站开一点,苍穹底下,地平线上,让我给你画张像。"

我走开去,站在草坪上。翘首西望,从遥远的天边,寻找着故乡的方向。

不知过了多长时间,她悄悄地走到我的身边,递给我一张画像,说:

"瞧,你看你,多神气,多自然,娴雅、深沉、坦荡、率真,像一泓清水……怎么,你没有听我说话!你在想什么?还在想情歌吗?"

我思绪纷飞,情不自已:怀念故乡,怀念过去,怀念远方,怀念少年时……

(原载《梁园》1981 年第 2 期)

大别山,我的亲娘

一

山外,枪响得像泼水……

一队一队的兵,向着山外冲去。

大兵过后,是长七短八的勤杂人员,扛担架的、挑箱子的……接着又转出一队女兵来,拄棍拉杖,相扶相将,甚至还有一个妇女,怀里揣着个小包裹儿。

从后面赶来一个干部,跳下马,抓住她的双臂吼道:"怎么搞的.还没处理掉?小姐,咱这不是去唱山歌,咱这是去打仗!"

女人不抬头,缴出包裹;又从手上捋下一颗戒指,塞给男人,追队伍去了。

一早通知军队要撤,山里人就躲开了。附近只有一个老婆子,站在山坡上望着。男人大步奔她走去,立正敬礼,把包裹递给了她。

老婆子莫名其妙,不知所措。男人说:"大嫂,麻烦你了。"把金戒指塞到她手里,转身上马,加一鞭去了。

老婆子掀开包裹,一看呆了。那包裹里面不是别的,是一个微微喘气的婴孩儿。她恍然大悟,追悔莫及。赶两步想叫住那人,那人已经无影无踪,山路上只留下了一串烟尘。再看其他的兵,潮水似涌向山外,但枪声如泼水,谁有闲心管这闲事!

那包裹里的孩子就是我。1946年,新四军五师中原突围,把我留给了大别山的娘。

二

军队走了,娘闲上来就数落:"当兵打仗的,心最狠了。男的心狠,女的也心狠。连个人名也不留下来,叫孩子长大认谁去?"妈妈留下的金戒指上有朵梅花,娘就叫我小梅。

大别山冰连地结,是吃糠咽菜的日子。我没有奶吃,娘吃柿子掺糠,省下烤白薯喂我。

春天里,百草发芽,山羊挤下奶来,我才有了吃的。可大别山的羊奶啊,是既不加糖,又不煮热,一边挤一边喂,腥膻草气就甭说了。可是我只知道饿,只知道吃,哪里还管那许多。有一回,娘放羊回来,进屋去提奶桶,我爬到羊肚子下,抱住奶包就嘬。娘出门见我跪着吃羊奶,"咣当"扔下奶桶抱起了我——

娘啊!你为什么要哭?

一岁上,娘抱我进山砍柴,中午贪工晚回来一步,碰上两只狼。狼围住想吃我,娘背靠山崖,两腿把我夹在裆里,手舞砍刀,打得狼近不得身。扑来打去的舞到太阳过午,开荒人上山才把狼赶走。说到这里,娘恨死了我:"那时候我两眼冒火,急得喉咙冒烟;你可好,狼向上一扑,你向前一窜。你当是狼和你疯着玩哩,高兴得哇天呱地直笑。我呀,我真想两腿一松,把你丢了喂狼——怎么,我舍不得?你亲娘老子都舍得,我舍不得?"

三

大别山里,想吃我的狼不止那两只。

黄鼠狼进宅,家里来了地头蛇,进门掀锅看灶,连声说俺娘日子难过。说着说着,说到我身上来了:

"大婶子,这荒春荒岁,日子长着哩!你养这孩子,有个盼头吗?"

娘说:"她爹是共产党,骑马当官的,准回来,咋能没盼头?"

大别山,共产党三进三出,"准回来"三个字,落地有声摘人胆!

"嘿嘿……那是,那是……"地头蛇干笑着:"可是这……长年磨日头,怕难等到吧!"

"怕我等不到,你把她领去吧!等共产党回来,让她爹找你要人!"娘不再说话,拎一块磨刀石磨起刀来。

大别山不出珍珠玛瑙,这磨刀石,可是遍地都有。

"嘿嘿,嘿嘿,我可没这份意思。我,我——我这是怕出事,我也是为了村子好。这年头,要不是大家逼着,谁愿担惊抻头当这个保长?"

大别山啊,重岩叠嶂。山不转路转,谁敢说共产党明天不回大别山?地头蛇们暗里歹毒,明里也得留条后路。

四

从此以后,娘护我更严了,寸步不离身,还不许我吃别人的东西,连邻居大婶给我一块年糕,她也要从我嘴里抠出来扔掉。我饿,我要吃,我哭;她气,她打我,她也哭。泪脸贴着泪脸,哭声里掺和着数落:"记住了,小梅,不吃人家的东西,再好也不吃,谁给也不吃……"她怕我贪吃一口东西,错眼不见,被人拐卖了去。婶子劝她卖了金戒指,换些粮食,她说什么也不肯:"人家爹娘留下的信物啊!我卖了去,孩子长大,拿什么去认她爹?"

五

大别山啊,群峰插蓝天,流水接云霄。在这高山深处,有一座孤独的茅屋。多少个月黑风高的夜晚,娘搂住我坐在房前,数着天上的星星,教我说话:

"小梅叫个啥?"

"叫小梅。"

"小梅哪里人?"

"大别山里人。"

"爹妈哪去了?"

"出门打狗去了。"

"啥时候回来?"

"明儿个回来。"

可是爹妈走后,再也没有信来。有人说他们过了铁路;有人说,他们到了黄河。这一夜,山里狗咬,早上开门,门上挂一条干粮袋。娘一下子惊得呆了:

"小梅,小梅,这是你爹,你爹昨夜回来看你……"

邻居婶子跑过来,端详着干粮袋,说:"也许,是咱们县大队送来的……"

"不,不,一定是她爹,这事我经历过。他们回来的人不多,藏在这方圆左近,不能露面。我,我要带上小梅找他们去。"

婶子劝娘不住,她掂上干粮,背我进了深山。爬野岭,穿老林,专往山羊不去的地方寻。筋疲力尽了,喝口山泉,问一下背上的我:

"小梅,今儿个能找着你爹吗?"

"能!"

听到我说"能",娘就又有了劲,爬坡上岭,指山问路。其实,这个"能"字,还是她刚刚教会我说的。就这样自骗自得,直到干粮吃完了,俺们才又回到家来。

"不是你爹呀!你爹把你扔下就走,咋能知道咱大门朝哪儿开?这还是县大队……"娘终于醒悟了过来。

六

1947年秋,刘邓大军渡过黄河。当炮声隆隆震撼着大别山的时候,人们才真的知道,是自己的军队回来了。

军队回来了。娘这一回家也不要,抱上我就去找爹。

漫山遍野,到处是滚滚人流。在这千军万马的刀枪林里,娘穿梭似的逢人便问:"您认识这个孩子的爹吧?他是去年从这儿走的……"不管是指挥员,是机枪手,是埋锅造饭的炊事兵,是抹药裹布的伤病员,她拦住人家的马头,闯进研究战机的草棚,她、她、她……她连随军运粮的支前队都不放过。

连明彻夜的,大军过完了。问了成百上千的人,指战员们送俺干粮,送俺果子、饼干,可得到的回答,却总是摇头。

娘回家来了,一步一拖回家来了。望见家门,她一跷跌坐在地上。邻居大婶跑来拉她,她叹了一口气说:

"我命苦,也妨累了这孩子!"

七

解放了,爹妈还是没有信来。政府也在帮着寻找,可连个信儿也没找到。一年、两年、三年……娘在背后叹气:"能是没有这个人了……"

邻居大婶解劝她说:"不会吧!人家骑马当官的,又是两口子,哪能说没有都没有了?八成是工作忙,顾不上。你想,连咱们这里都在剿匪了,反霸了,人家能闲着?"

"唉,我是怕……"她搂了搂怀里的我,"这又是一辈人,不能和我一样啊!"

在大别山,星光下……

我已经三岁了,娘不再教我说话了。可是我,怕黑暗,怕默默无语。我躺在娘怀里,问:

"娘!你咋不问我哩?"

"问啥……"

"问我叫什么呀!"

"你不叫小梅吗?"

"问我哪里人?"

"大别山里的人呗!"

"爹妈哪去了?"

"出门……打狗——去——了。"

"啥时候回来?"

"明……明儿个……"

娘再也不说话了。我抬头看天,天漠然不语。大别山却巍然雄踞,似有无限深情,脉脉欲诉。远处泉水呜咽,像是在笑,又像是在哭!

夜,多么深,多么静,多么可怕。但叫我可怕的不是夜,而是夜里娘不说话。

八

1950年,战火烧到了鸭绿江。正在这时候,县民政科领人认我来了。

娘拉上我就往房后躲。她把我藏在树丛里,结结实实交代:"娘不叫你,你不出来!谁问你叫啥你都别说,装哑巴!记住了吗?要不,拐娃儿的会把你拐了去。"她一个人回家,对付来人去了。

我在树丛里憋不住,悄悄溜了回来。蹑手蹑脚爬到后窗一看,只见娘面前,坐着一个穿军装的人。

"是你把孩子撇下了?"娘不紧不慢地问。

"是。我从她妈手里接过孩子,交给你了。"

"你们也真狠心,才几岁一个孩子,就忍心撇下……"

"不,她还没有满月。"

"你给她留的啥名字?"

"这个……"军人迷惑不解了:"她,没有名字。"

这时,娘抬起左手,金光一闪,显出了无名指上的金戒指。

"啊!"军人恍然大悟,脱口说:"那上面有朵梅花!"

"——小梅!"娘也脱口叫了出来。

我在窗外接口答应,冲进门,扑到娘怀里。

娘愣了,扳起我的脑袋,用两手展着我的额头,展着我的眉心,像是在自言自语:

"你不命苦嘛,咋来到我这苦命人的家……去,认你爹去。"

我爹,我回头看我爹,这是一个什么样的爹呀!满脸胡茬,也不热和,也不凶狠,跟那些过路的大叔大伯一模一样。

这个爹,他伸手想拉我,娘一把将我拦了回去:

"别动,这不是你的孩子。你把孩子交给谁了?连我的面你都不认识,你这不是把孩子交给大别山了?今儿个,你找大别山要人去!"

爹的手又缩了回去。他说:"大嫂,你误会了。我不是来领人,我明天就得走,到朝鲜。这孩子,还得撇给你!"

"怎么,还撇给我?我当老妈子还没有当够?"

"大嫂,这也是没有办法的事啊!打一仗接一仗,不是路过,我还没工夫回大别山。这不,她妈已经先走一步,在前面等着我呢!"

"我不怕麻烦。可你们也真胆大。没满月的孩子交给大别山,就那么放心!"

"有什么不放心?大别山三起共产党,养大了百万红军;还能养不活她!"

这一天,爹没有抱我,没有亲我。只是在晚上睡觉的时候,摸了摸我的头说:"去吧!好好跟娘睡觉。"

第二天我还没醒,爹就走了,留下几十斤米票,还有一条旧军毯。

九

自打爹走后,娘一下变了,变得好嚷了,变得好吵了。她磕东碰西,撂得家具叮当乱响。她骂菜刀砸了缸沿,骂盐罐绊了油瓶;还吵我笨,吵我懒……高声大调狠嚷嚷:

"走,上你爹妈那里去!我才不要你哩,我也一个人清净清净!"她叫得响,响得脆。邻居大婶跑过来说:

"大嫂呀!你们家,连锅碗瓢勺也在又蹦又唱!"

我不怕她吵,我怕她不吭声。那种搂着我不言不语叫人心里发抖的日子,是再也见不到了。

大别山啊,你青松翠竹,郁郁葱茏。在你的胸怀里,究竟有多少宝藏?

十

六岁上,娘送我进学校。

娘把我亲手交给老师,说:"人家爹妈可是不在家,可不能让别的孩子欺侮着她!"老师笑笑让娘回去。

娘可没有回去。她坐在校外山坡上,看我走进教室,看我坐上座位。等我下课了,要做游戏,她招招手隔墙叫我,问我困不困,问我饿不饿,从墙头上递过来些点心,一天一次。

老师看见了,第一次,向她笑笑;第二次,就摆手制止;第三次,可就严肃批评了她,说:这样会宠坏了孩子。

以后我上课,再也看不到她坐在校墙外了。可是等到放学,走出校门,就见她从山坡上松树后走出来。就这样,送我上学,接我下学,其中多少次躲在松树后看我上课,我不知道。

十一

爸爸妈妈从朝鲜回来,我已经进了高小。

这时候,妈妈几次上山接我,但我离不开娘,娘离不开山。

"住他们城里夹在楼上,憋得慌。哪有咱们大别山,山也高,人也高,宽展展,亮飒飒,叫人舒展。"娘说。

十二岁上,我终于下了山,到城里上中学。

我回到了爸爸妈妈的家。这是一个陌生的家,有陌生的家具,有陌生的面孔。四堵墙砌成一个家,再也闻不到大别山的泥土味、乡情味。我急得想哭,我坐在门外不进家去。陌生的弟妹跑过来喊我"姐姐",我气冲冲地说:"谁是你姐姐!"

妈妈笑了,说:"哪来这么大脾气呀!"

爸爸说:"大别山来的呗!"

十二

一到假期,我就坐上汽车,飞回大别山。

大别山啊,我的亲娘!当我远远望见那青青的山峦,那山峦上的茅屋,那从茅屋里探出头来的亲娘的时候,我一下子扑了过去。

同志,你知道什么叫作"娘"吧!你把提兜、背包丢在门里,横躺炕上,有人脱去你的烂鞋臭袜,倒出你口袋里的杂物,什么钢笔、别针、零钱、馍屑,该扔的扔,该洗的洗,一一归拢摆正。你什么也不用想,什么也不用问,倒头睡去,让明天的太阳照上脸膛。来了朋友,有人给你招待;乡亲们问到你,有人替你回答。你不用担心失礼慢客,不用担心慵懒慢事。你活到一百岁,在她面前,还是一个孩子,你可以撒娇卖乖、撒泼耍赖,她会骂你、吵你,但到头来还是宠纵你、体贴你,因为她是"娘",这就叫作"娘"呀!

娘理着我的行李,脱去我的衣服。看到我贴身穿着大别山小褂,她又高兴地吵起来:

"怎么,你爹妈就穷成这样?我要不给你缝这小褂,他们就叫你光着脊梁!"她叫得响,响得脆,邻居大婶跑过来说:

"一尝到孩子带回来的洋点心,我就知道,你们家呀,锅碗瓢勺又该响了。"

十三

爸妈进了学习班。我要上山下乡去了,没有一个人送行。

城市在鸣锣放炮欢送自己的儿女。火车上,知青们争抢不停地占座位、递行李,车站上,挤满了送行的人群,家长、亲友,拉拉扯扯,絮絮叨叨(不敢说,还有擦眼抹泪号啕大哭的呢),谆谆教导:"记住,别喝生水!""不知道深浅,不能下河洗澡!""再听说你和人打架,我可要告诉你爹去!""敢和男孩子一道,我可不依!"火车就要开了,还在往提兜里塞鸡蛋、装苹果,忘了手套的递上去,拿错了帽子的扔下来。

唯独我,一个背包一个茶缸,没有人送,没有人陪,冷眼旁观着这熙熙攘攘热天火辣的人群,心中却并不为自己的孤独冷清叹息。因为我知道,他们的热烈掩盖着空虚,而我的冷清隐藏着扎实。我要回到大别山去,那里有我的娘。

十四

下乡,回城,当工人,结婚……娘把金戒指还给了我。

生了孩子,考上了研究生。我把孩子送回大别山,连同金戒指,一并交给了娘。她要再一次担当做母亲的责任。

今天,当我通宵达旦完成了我的毕业论文的时候,我推窗瞩目,遥望大别山,缅想我的小女儿,她也该牙牙学语、蹒跚学步了吧!啊!大别山,你养育过百万红军,养育了千千万万个劳动者,你是革命的母亲,人民的母亲啊!

大别山啊,我的亲娘!

(原载《梁园》1983 年第 3 期)

一个在党旗下举过拳头的人

俺入了党,却没有宣誓,只在党旗下举起过拳头。白色恐怖啊,敌人抓住共产党就要杀头,我们到哪里宣誓去?介绍人把我们领进庄稼棵里,苞谷穗上挂了张红纸,纸上用铅笔画了个镰刀锤头,那就代表党旗了。谁知刚站好队举起拳头,放哨的就捅了一下党组长:"有人来了!"组长当机立断:"撤!"于是新老党员,一溜烟撤出了苞谷地。

就这样,俺成了党员,但只在党旗下举起过拳头,没有来得及宣誓。"文化大革命",红卫兵不承认俺的党籍,只承认我曾经混入过党内,因为咱是一个在党旗下举过拳头的人。

既成了党员,就得干革命。建立交通站,递送情报,给组织搜集枪支……我们的上级是谁?不清楚。只知道组长是我表哥,表哥和一个"南蛮子"联系。但临近解放时,表哥和"南蛮子"被敌人活埋,我们和党组织失去了联系。

解放了,我想恢复党的关系。这可难为坏了组织部,上访下查,也还是找不到表哥和"南蛮子"的来龙去脉。但我们为党做的工作是客观存在的,事事都有证明。砸过伪乡公所,放跑了治安军抓的民夫,抢过绥靖公署的军粮,中原突围给部队筹款,挺进大别山给大军带路……我们的名字都上了敌人的通缉令,但敌人的通缉令可不是我们的党证,那只说明我们曾被敌人通缉过,不能证明我们就是党员!

组织部还是给我们做了实事求是的结论:"在解放前的黑暗岁月里,曾经为革命做了大量的工作。"做了大量工作可不说明就是党员啊!你看我嫂子,她不懂革命,只知道掩护我。敌人有什么动静都先给我报信;我要买枪,她卖地、卖房给我凑钱。可钱凑齐了,还是来拦住不让我干:"兄弟呀,没有了你哥,你是咱家最后一条根,我要不护好你这一根独苗,死了后也没脸见你们张家的先人!好兄弟,咱撒手不干了,你把这笔钱留下娶一房媳妇,生儿育女,我给你们当老妈子,伺候你们一辈子!"

我说:"嫂子,咱干上了就不能撒手,撒手也没有人饶你命!咱只能干它一辈子!"

买了枪,要往家里运,怕路上出事,嫂子把枪绑在腰里,乔装孕妇带武器混进了城。完成任务后她哭了三天三夜:"你们老张家祖宗八代的脸都让我丢尽了呀!一个寡妇家掂着身子,人前人后这叫咋说呀!"

我安慰她："这是为革命哩！为革命假装揣着身子，光荣，不丢人！"

她说："你们革命，你们光荣去；我嫌丢人。"

直到土改以后，组织上才终于查清，抗日战争前，地下省委确实派过一个"继存"同志回来，发展党员，建立组织。继存就是我表哥。抗战以后，也派过一个湖北同志，来加强领导，开展工作。他们在解放前突然与组织失去联系，原来是已经牺牲，立即追认他们为烈士。经过审查，也恢复了我们的党籍，还给我定了干部级别，副县级。我嫂子呢？她只认我这个兄弟，不认识革命，不认识党，她还做她的家庭妇女。这正应了她的那句话："你们革命，你们光荣去；寡妇家的揣个大肚子，我嫌丢人！"嫌丢人，她就在家，做饭、种地，帮我看孩子。这又应了她那句话："我给你们当老妈子，伺候你们一辈子。"

有了工资，钱却不够花。一个当县长的薪水不够开销，钱都到哪里去了？只为当年干地下党。

当年干地下党，上级没有拨经费，领导人也不发津贴。一切开销都是同志自己凑钱，凑不够就向亲戚、朋友巧赊硬借。年深日久，谁不拉下一屁股饥荒、欠下一屁股人情债？

"那就慢慢还呗，十年、八年……总能还清。"

能还清？咱只要活着，就永远还不清。先说那年，敌人清乡在后面追，我跑到渡口上交不出过河钱，船家硬是不给开船，只有等死吧！突然走过来龙虎滩的李财主，他是我爹生前的朋友,正去给土匪送钱赎他的孙子。见敌人在追我,人命关天,忙从赎款二百元中拿出两块,让我过了河,拣了条命。后来李财主去交款,土匪大当家的一数少了两块,翻脸就要撕票子。还是二驾杆的会事,他一笑打了个圆场:"算了,算了,都是吃一条河里的水长大的,跑这么远的路来送钱,也不容易。留下三两肉下酒,不也顶两块钱。酒钱嘛,李财主你就不用开销了。"就这样,李财主的孙子被土匪放了回家,却少了一只耳朵。

解放后,李家被划了破落地主,李财主没有来找过我。每逢过年,他总要打发孙子给我拜年。再冷的天,来了也不戴帽子,露出那只秃耳朵,叫人看了寒碜。老伴见了忙给孩子拿糖果,临走还要送上腊肉、干鱼、炼乳、腌蛋……一大口袋年货。

你们说,就为当年欠下的这两块钱人情,我用几个"两块"才能还得清?

那一回到外地送信,消息走漏,敌人全城戒严,指名抓人。我见势不妙,转身窜进一家杂货铺,掌柜的见我趑进来,一眼认出:我就是敌人要抓的那人。他一手摘下毡帽给我戴上,一手推过来一把算盘。我坐下装就个算账伙计,噼噼啪啪只管打我的算盘。门外的大兵拦街盘查行人,却没有谁来看我一眼。忽然传言"人抓到了!"于是解除戒严,民团撤岗收兵,掌柜的这才把我送出门去。我向他道谢,他连忙摆手:"没有。你压根儿就没有进过我的铺子,没有,千万记住,压根儿没有!"

事后我才知道，那天还有一位同志进城，被敌人从身上搜出传单。他一看不能脱身，就冒认了我的名字，昂首走上刑场，替我当了烈士。

那家杂货铺也安然无恙，一直开到了解放后。公私合营，掌柜的成了工商业者、国家职员。"文革"开始，他又成了反动资本家，这时我也成了假党员。红卫兵拉他游街，高帽子上写着："救过假党员的反动资本家！"在批斗会上，他向革命群众交代救人的反动思想："开铺子以和为贵，我光想着发财，怕从咱铺子里拉出个活人，大腊月里出了红差，那一年的生意就全砸了，我找谁赔去？没想到救的是一个假党员。当时吓得尿裤子，现在经过革命群众的揭发、批判、斗争、帮助，才认识到，我那是白尿了一裤裆。"

从此，这掌柜成了名人，外号"白裤裆"。

解放干部，重新安排工作，我当上了地区经贸主任，专管计划内销售物资。人们知道白裤裆救过我的命，就让他来找我，今天要买钢筋，明天要买水泥，有公家的计划，也有私人的捎带。管不了他那假公济私，反正都是拿钱买东西，我也就该批条子就批，仓库里有货就卖。每次前来，公家送的礼品他不敢收，私人送的礼品他却没有少拿。"白裤裆"从此有酒喝、有烟抽、有鱼吃，他还得意地告诉别人："谁说我是白尿了一裤裆？"

改革开放，搞活了经济。李财主的孙子办企业发了财，还是年年给我拜年，但不是光着脑袋，而是掂着虎骨酒、人参精……有钱呦,啥贵拿啥。来时总不忘戴一顶遮耳帽子,羞愧地说:"过去家里也有帽子,来拜年时爷爷不让戴,说是要寒碜一下张叔,别叫你忘了。"

李财主早已年高过世。孩子的帽子虽然戴上了,但我一看到孩子的帽子就想到下面的秃耳朵,心中涌起一股凉意,愧疚。

"白裤裆"的儿子搞了乡镇企业,也不时地给我送礼。他父亲已经九十高龄,健康、硬朗,日子过得有滋有味。他不忘告诫儿孙:"做生意以和为贵,只要能救个人,就不会白尿一裤裆。"

嫂子受苦无怨,晚年还为我照看孙子、孙女。县里请她做政协委员,记者要采访她乔装孕妇为地下党运回枪支的事,她躲出去三天不见人家,还是嫌丢人。孙女问:"大奶奶!你嫌丢人,不会不去嘛。"嫂子说:"我不去,让人家把你爷爷抓走,还哪来今天你们这一窝子。"

五 更 渡

腊月天,月黑头,我起早赶船回家看妻。

出城几里地,才遇到一个行人。擦肩而过,闻到一股大葱味。啊,是进城卖菜的农民,一拐一拐,腿有点瘸。

赶到河边,却不见船老大。"野渡无人舟自横",我只好坐舱里等,迷迷糊糊睡了过去。

不知过了多长时间,忽然对岸在喊:"喂——谁把我的船撑到对岸去了?"叽叽喳喳,那岸上已站了不少人。

"我没有撑啊!"我连忙解释。

"胡说,我的船会自己飞?"听那横劲儿,一定是船老大。

"有一个卖葱的,一早过来……他腿有点瘸。"我说。

这一下,等过河的人嚷嚷起来,"哎呀,那是瘸子刘五。这鬼精,发财也发得急"。

"人家今冬要娶媳妇,起早赶集,多捞几个嘛。"知道底细的人说。

"瘸子要娶媳妇,谁跟他?"

"是个麻妞。武大郎坐抬筐,短人有短铺呗……"

"嚷嚷个啥,都不过河了?"船老大向着我喊:"——喂,你把船撑过来,听见没有?"

"我,我不会撑船。"

对岸的人又嚷嚷开了:"看样子是位先生!先生,能会撑船?"

"可……再晚,我这热豆腐成了冻豆腐了,卖给火神爷去?喂——你学着撑吧!把锚掂起来,拿篙往岸上一点,就过来了……"

"对,一点就过来,不难的……"

"是呀,你洋文都会念,还不会撑个船?"

受了一顿奚落,又受了这番怂恿,我的心也动了起来。既然不难,我何不试试。万一成功了,也堵堵他们的嘴。

"好吧,我试试看。"

对岸的人都站着看我,向我欢呼,向我叫好。我掂起锚要起航,可没等到丢手,船缆就拉住我向河里拽。我紧紧抱住锚,挣扎着向后退。

"丢锚啊,上船呗!呀,不好,你是咋回事啊……"

船愈是拽,我愈不敢丢手,抱着铁锚一步一步向后退去。船离岸更远了,眼看就要顺河流走,连我也要拽下河去。对岸的人看了,发出一片惊呼。

"危险啊,快松手啊!"

"丢了,丢了,把锚丢了!"

"松手啊!……"

倒不是我听了他们的呼喊松了手,而是船硬从我的怀里把锚拽了去。扑通一声,铁锚落了水,我扑到地上,吓出一身冷汗来。

小船也停住了,对岸的人都松了一口气。只听船老大嚷嚷道:"你们可叫他撑呗!先生嘛,都撑得船了。我不喊松手,他能把船放到汉口!"

"他这不叫撑船,越拉越退,这是牵犟驴。"

"真是怪事,能当先生倒不会撑船。咱们河边上,十岁孩子都会。"

"这不能怪他,只怪瘸子刘五。"

"对,等赶集回来,和刘五算账。"

"回来?他卖了菜还要上百货大楼,去给麻妞扯毛呢哩!"

"妈呀,人家麻妞都要穿毛呢,咱也不麻,可也没穿毛呢!"

"嫂子今开开洋荤,卖了蜂蜜,去扯它一身'猪毛呢'。"

"别孝顺了。你卖了鹅,自己去扯身'驴造革'。"

"唉,这过不去河,你卖鹅——卖饿吧。"

"是呀,再过不去,集罢了,咱们捡甘蔗渣去。"

"天都要亮了,这对岸也不过来个人。"

"倒是有个人,还是个剩(圣)人。"

"我说老大,咱不能老在这里卖凉姜(僵),你得想想办法呀!"

"办法,这么冷的天,除了蹚河过去,还能有啥办法?听着,女人们都背过脸去,——娘的,这邪门刘五。"

扑通一声,船老大赤条条跳进水里,岸上一片欢呼:"好啊老大,今日赶集回来,给你灌四两猫尿。"

"我兑上一盘凉拌牛肉……"

"这不,我出八个鸡蛋,现在就撖下……"

哗啦,哗啦,老大游水过来。我连忙上船想拉他,他从水里钻出来,抹去脸上水珠,甩甩头,一手拉船帮,一手把锚提了上来。船向下游流了两步,只见他顺水推舟,一跳上船,掂篙向后一点,船就向对岸渡去。

朝暾初上,晨曦微开。霞光里,船老大昂首坦身,裸立船头。他泰然自若,操篙摆渡,将自己强壮的体魄、健美的肌肉,毫无保留地呈现给了初升的太阳。啊!世界上什么最美?人体最美。它真切、饱满、浑厚、质朴、刚柔相济、松紧有致,它才是大自然中最美最美的啊!

回家见到了妻,一定把这次见闻告诉她。

(原载《天籁》1986年第2期)

缘　　分

码头上人山人海，隔河对面有个大庙会，大家争先恐后往船上挤，想早一点儿渡过河去。去晚了，赶不上看高跷、看旱船……可河上只有一条船，不挤咋办？

一个"业余华侨"戴着副墨镜，好不容易才挤到船上。另一个刏猪汉子拉着只羊也要过河。羊儿怕水，挣扎着不肯上船，汉子抓住羊犄角就往上拽，羊儿四脚蹬地向后面蹭。刏猪汉子索性把怀里的旗帘杆子插在地上，双手抱起羊儿，再拔起旗帘扛在肩上，连杆带羊向船上挤去。好不容易挤到河边，眼看就要登上船去，谁知怀里的羊一踢蹬，把刏猪汉子一个趔趄，甩到了船帮上。

汉子这跤可跌惨了，他脚下蹬空一闪，手里的旗帘横扫过去，把"业余华侨"的眼镜挑到了河里。一刹那流水翻滚，冲了个无影无踪。

"业余华侨"立即大叫起来，要刏猪汉子赔他眼镜，并且说："那是一副水晶镜子，价钱吗，三四千元你买不来……"

劁猪汉子光脚不怕穿鞋的:"你讹人吧！我身上只有三毛钱,一毛留着过河,两毛留着中午吃饭……"

坐上船的渡客催着开船,劁猪汉子却蹭着不上船去。他要等"业余华侨"坐船过河,自己也就不用赔他眼镜了。

"业余华侨"也不是傻瓜,他抓住劁猪汉子的衣服不放,你不上船我就下船,你再上船我也上去。总之是形影不离,绝不放你逃走。

众人急着过河,他俩却拉扯在一起,纠缠不清。大家将他俩推到岸上,渡船才起锚开动,一步一步,向河心晃去。

下船了,两人更是争执不休,一个人要对方赔眼镜,一个人说没有钱。"业余华侨"提醒汉子:"你没有钱,还有一只羊哩！"

"你想讹我的羊？羊又没有动你眼镜！"

"你倒动丢了我的眼镜,可你赔呀!"

"我没钱,拿什么赔？"

"你有羊呀!"

"羊又没惹着你。"

"你可是惹着我了。"

"我怎么惹着你了？"

"你的旗杆子挑掉了我的眼镜,你敢说没有？"

"好好,那就让杆子赔你!"劁猪汉子这一下可大方了,一把将旗杆子塞到"业余华侨"怀里:"叫杆子赔你,这可没有我的事了!"

"你耍赖想溜?要这样,咱们就上公安局、上法院……"

"公安局、法院也不是你姥姥家,它也不能把我剁成饺子馅让你包成包子吃了!"

他们在不停地斗嘴,争执,船儿向河心一步一步划去。北岸上的锣鼓声一阵阵传来,在激荡着所有南岸上的人心。

"业余华侨"有些后悔:"这一次碰上了铁公鸡,看来是一毛不拔了。今天好不容易借来身行头,实指望庙会上碰见亲家母哩,这一下儿子的婚事可让他给搅黄了。"

劁猪汉子更是急得不行:"实指望趁庙会多劁几只猪仔,好给丈母娘家安扇风门,这下可吹了。今儿个过不了河,劁猪?劁河神爷吧!"

"业余华侨"也想和解:"一副削价墨镜三块钱,讹他四五块钱也就算了,可出口的就要上千,这可好,他就是不赔,这可怎么转弯?""喂,老乡,今儿这个事,你说咋办?咱总不能在河滩上晾一天吧!"

"晾一天,我也没带铺盖。咱只要商量着办,咋说咋行。"商量的口气。

"你总不能一毛不拔吧!"

"你也不能活猪熰毛,刀刀见血呀!"

"那咋能呢?不管怎么说,我也不能让你倾家荡产……"

"我也没有产。可我也不能让你血本无归！"

"啥血本？你只要掏几块钱，是个意思就行。"

"我把身上的钱全掏出来，超过十块，是你运气；不够十块，你认个倒霉。"

"算话！超过十块，算我交个朋友；不够十块，是我上辈子欠了你的。"

劁猪汉子把身上的钱全掏出来，数了数不到六块。他把钱全部捧给"业余华侨"，说："就这么多了。我身上要还藏一分钱，就让我前脚出门劁猪，后脚老婆跟人跑了！"

"业余华侨"说："我信你，我信你，你没有再藏钱了。我算交了个朋友！"

"你还得给我留下一毛船钱，停会儿我要过河！"

"好说，好说。停会儿咱们一块过河，船钱我候了。"

一场纠纷就此化解，二人重新燃起过河的希望。放眼向北看去，只见那渡船刚刚游到河心，就因负载过重，一晃一晃沉下了水去。

一霎时，满河都漂浮着人头，河面上充满了呼救声。劁猪汉子和"业余华侨"甩开衣服跳下水，扑向河心救人去。

经过一个多小时的奋战，落水的人一个一个被救了上岸。大家躺在沙滩上收拾衣服，拧水、晾干，瑟瑟发抖。只有劁猪汉子和"业余华侨"的衣服是干的。这立即引起采访记者的注意，拿着照相机、笔记本走了过来。

"二位是舍身救人的英雄吧!"

"业余华侨"连忙摆手:"不,不……我救啥人哩!要不是这位老哥把我的眼镜摘掉,我上了船,说不定一命呜呼了,还救啥人?"

记者又转向劁猪汉子:"是您救的人吧?"

劁猪汉子也摇头:"才不是我哩!要不是把这位老兄的眼镜打掉,我上了船,说不定还在水里打扑腾哩,还救啥人!"

记者一时不明事理脉络,迷惑地问:"你们这是……"

劁猪汉子和"业余华侨"不约而同地回答:

"我们这是缘分!"

王老五怕说穷

王老五要说亲,可最害怕人家说他穷。

为了表示家底厚,他把多年弹挣来的自行车、缝纫机统统送给了女家。虽然对方一再表示不要彩礼,他还是卖了粮食和棉花,凑足八百元钱送了去。

这一天,丈母娘要来相亲。这可忙坏了王老五,东家抬,西家借,张家的沙发李家的床。看这里没有就往这里搬。一时三刻,张灯结彩,空落落的屋子成了金銮殿。

邻居们也真肯帮忙,等客人一走,借谁家的东西谁家来拿。不等王老五动手,一件不留,一物不剩,霎时搬了个罄尽。金銮殿又成了空庙堂。

客去主安,王老五落得省心,大门不关,倒头睡去。

大概是白天的摆设招来了小人的贪心,夜半,一个小贼溜了进来。

王老五睁眼未睡,把一切看在眼里。他感到好笑:"这呆鸟,赶摆渡的蹬住船帮——你晚来了一步,我的那些花摆设嘛,老太太送闺女——都送到别人家去了。"王老五,这个贼来穷不怕、客来怕说穷的王老五,闭目养神,任人所为。

偷儿见没有动静,大胆四面搜索。可是摸遍四个墙角,连块擦屁股石头也没碰着。

"晦气!"偷儿懊丧地说:"这光棍,喝北风不使筷子。我算是做贼遇见叫花子,白惹一身穷气。"

王老五闻言失惊,一跃而起,抓过腋下一块面包,塞到偷儿手上:

"哥儿们,嘴上留德,您包涵点。这是客人剩的一点吃的,您带上,算是没有白来一趟。可刚才那话,出去后千万莫再对人说起。我正在说亲,这个穷字要传开去,那到了手的媳妇岂不又砸了锅!"

手　　语

在从前,不知是什么朝代,某番邦派来一个使臣。使臣办完朝觐事务,向龙主皇帝禀道:

"我番邦能用手势作语,辩论天下大事。不知天朝有无这等人物,能否与小臣辩论一二?"

天子一听大惊,忙贴黄榜招贤,来与番邦使臣比试。可是一连两日,无人揭榜应招。

到了最后一天,守榜武士早已有些懈怠。这时走来一个杀猪屠子,两手沾满鲜血,撕下黄榜就擦。

"好了,好了!"武士一见有人揭榜,不由分说,抓过屠子,拥出皇宫交差而去。

屠子莫名其妙,只听哄哄嚷嚷,说什么去比手势,于是战战兢兢,被推进使臣房里。只见对方伸出一个指头,他连忙伸出两个;对方伸出三个,他连忙伸出五个;对方摩摩头顶,他拍拍肚子;对方摸摸眉毛,他捋捋胡子。于是,对方倒身下拜,口称"领教",惭愧而去。

皇帝众人莫名其妙，忙问使臣何以输了。使臣说："我伸一个指头说我们有一尊活佛，他伸两个指头说你们有二仙；我伸三个指头说我们有三皇，他伸五个指头说你们有五帝；我摩摩头顶说我们头顶日月，他拍拍肚子说你们怀抱乾坤；我摸摸眉毛说眼下我想再住几天，他捋捋胡子说一须（宿）不留！"

大家忙又来问屠子，怎么和人比画。屠子说："他伸一个指头说卖给我一头猪，我伸两个指头说给他二百文钱；他伸三个指头说卖给我三头猪，我三头整买要便宜些，只还他五百文；他摩摩头顶说猪头应该留归他，我拍拍肚子说连肠肚一伙在内；他摸摸眉毛说眼下就要兑现钱，我捋捋胡子说捋捋须须（陆陆续续）给你。"

公　　断

　　张三鸠工盖房,墙倒砸死工人七个。死者家属来向张三索命,张三闭门不出。苦主破门,见张三上吊已死,张妻反向苦主索命。保长公断:"谁家死人谁家埋,余不论及。"张妻率子女向众人叩一响头,苦主散去。

私 了

　　街头乞儿踩了小姐的爱犬。小姐要他赔。赔什么？小姐不知,向行人招聘:"谁来打他一耳光,我给谁一百块钱。"一人应声打了乞儿,小姐将一百元奉上。那人将钱分成两份,递向乞儿:"给。你一半,我一半。"

和　　解

县衙门前,二人骑车争道,巡警罚其款各五元。二人气愤付款后犹自相骂:"你是个混蛋!""你是个孬孙!"

"你赖得像个警察!""你赖得只配当个巡警!"巡警回头又要抓他俩罚款,二人相偕逃走。

态　　度

妻子要临产,丈夫最关心生男生女,妻子关心丈夫对生男生女的态度。

呱呱坠地,助产士抱起孩子:"啊!——也好。"丈夫愤怒而去。妻子哭了,等丈夫回来,只听他说:

"哼,可恶!说我们女孩是个'也好',把你也气哭了,看我不敢给他们领导提意见。"

从"三味书屋"到"百草园"

我们小学生,是祖国的花朵。可是,做花朵有什么好?背着十几斤重的书包天天上学校,迟到一次罚一块钱;可他们大人们呢?八点开会九点到,罚款了没有?罚站了没有?就说上课吧,干部听报告可以打瞌睡,我们敢打瞌睡吗?大考、小考、中考、月考、期考……都在等着你哩!还有什么全区会考、全市统考、毕业总考、模拟升学考……考试后拿着成绩单回家,那是关乎千家万户风云变幻的时刻。你就看那爸爸妈妈的两张脸吧!一听说是95分,晴天转多云;100分,多云转晴天;90分以下的阴天有小雪;80分以下的有雷阵雨;要是考个不及格,你就准备"穿棉衣"吧,《今夜有暴风雪》!甭想跪地求饶,《莫斯科不相信眼泪》!最好来个《胜利大逃亡》,像我们班的小迷糊一样,躲进爷爷奶奶家,连上学也由爷爷奶奶护送,严防他的爸爸躲在路旁等着拧他的耳朵。

小迷糊是被他的爸爸吓迷糊的。那汉子是个菜贩子,"文革"小学毕业,半生不熟的字认得一大筐。他给红壁县蔬菜公司写信订菜,人家告诉他,壁字是墙壁的壁,他听成枪毙的毙。约定腊月半送菜,他把腊月写成"了"月,因为"了"字普通话念"la",可大家都说他写的是"3"字,对方在第二年三月才把菜送来。

菜贩子为此和人打了一场官司,结果是败诉。从此他知道识字的好处,儿子五岁就逼他上学。小迷糊考试得了零蛋,他急得拧孩子耳朵:"我成天喂你面包、冰激凌就是让你考零蛋?你看老子起早贪黑投机赚个钱是容易的?你记住,这个圈圈就是零蛋。你敢再考零蛋,我就……"顺手再把儿子狠拧一把。

小迷糊亲身享受了这个"我就",从此再也不敢看见零蛋。二次考试后拿着卷子回家,爸爸把着楼门向他要分数。他只敢战战兢兢说出个"9"字。爸爸顺手过去就是一巴掌:"你、你、你……你怎么只考了9分!"小迷糊捂着腮帮子哭着:"那9字后头还有个'零蛋',我不敢说……"

打错了人,妈妈还说:"打是亲,骂是爱……圣人说了,少小不努力,老大徒伤悲!"但是,我们看街边路灯下那些光脊梁汉子,他们连地球是圆的都不知道,却成天打扑克、贴纸条……玩得挺开心,他们一点也不"伤悲"。

其实,小迷糊是个十分腼腆可爱的小朋友。我们问他什么他都说。"小迷糊,你爸爸又拧你耳朵了吧!"他眯缝着眼睛点头笑笑。"昨天拧了几把?"他伸出一个小拇指比画一下。"为什么每天都是一把?"他就羞得头往你腋里钻。如果是女同学问他,他会一头跑进男厕所,不等你走开,他决不出来。

小迷糊的学名叫米小章——点名册上写着,但我们都不那样叫他。叫他"米小章"的是语文教师王老师。王老师学过教育学、心理学,讲究尊重人格,从不叫别人小名、外号。有一天,班里开知识座谈会。王老师别开生面,要大家各举一个和自己同姓的名人,不管哪一方面,只要出名就行。于是姓孙的举孙中山,姓李的举李自成,王羲之、文天祥、关云长、姜子牙……连孟姜女都给举出来了。最后轮到米小章,他羞怯怯地勾下了头去:"我们姓米的,有个米老鼠……"

我们全班一下都笑岔了气,笑得眼泪鼻涕一塌糊涂,笑累了歇歇,想想再笑。等我们笑过了劲,才发现王老师一脸肃穆站在那里。他沉痛地告诉大家:"今天的会有成功的一面:同学们踊跃发言,举出了我们民族历史上的英雄人物,开拓了大家的知识视野,激发了我们的爱国热情。但也有失败的一面:由于我的准备工作不周到,使个别稀少姓氏的同学感到为难,这个错误完全是属于我的。米小章同学,在我国历史上,你们姓米的,也有过不少出名人物,我应该事先告诉你。譬如米芾,他是北宋一位优秀的书法家、画家,他字元章,你的名字'小章'可能就是根据他的字起的。小章,希望你急起直追,让米小章赶上米元章,超过米元章。"

我们不再笑了。我们向米小章同学祝贺："米小章，你一定会成为一个书画家，成为一个米元章的。"

王老师，那是有名的一个"傻帽"。听说他初中毕业那年，重点高中早就看上了他这棵"清华苗"，可他偏偏相信领导的动员，以为人民教师最光荣，踊跃地投考了中等师范学校。毕业后一直泡在这所小学校里，送走了一届又一届毕业生，他却像个超期服役的老义务兵，没有升官，也不想去当"老转"，更没有准备"下海"！

还说"下海"哩！王老师的岳父是赫赫有名的"胡屠户"，腰缠万贯，请他每晚上帮人家结一结账，每月五百元，不误他教书，他都不干。他干什么？家里地方窄，人杂，他晚上就到办公室给学生批改作业，改到十二点，等他媳妇给他送点夜宵。他媳妇真能干，白天帮爹杀猪，晚上哄孩子睡觉，半夜不忘给她男人送饭。别人说："老王怎么那么傻，又不发奖金，改的什么作业？"她说："他喜欢改作业。"

我们见过这位师母，大衫宽袖，露出一只金手镯，走路搂着肚子，好像裤带永远没有系紧。她和王老师走在一起，就像谁家的老保姆在跟着个店伙计去讨账。

王老师一向衣帽整齐，平时一身深蓝色中山装，夏季才换上一件白色短袖衬衣。不论何时何地，胸前总不忘挂上一枚"讨饭牌"——小学校徽，红色的，怕人家不知道他是个"人之患"——他的老祖师爷孔子说的"人之患在好为人师"。

好为人师,都喜欢布置作业。课堂作业、课后作业、习题作业、实验作业、家庭作业、当天作业、星期作业、假期作业……各种作业塞得小学生书包满满的,背在背上沿街行走,就像解放军野营拉练似的。

一个班五六十个学生,一个学生那么多作业,都一齐交上来,老师批改得完吗?我们的算术老师是胡老师,他一肚子鬼点子:"叫家长批改!"这一下把他的麻烦推干净了,可是却难坏了小迷糊的爸爸。那菜贩子急得搔头皮:"您那作业里有'了'字没有?有'3'字没有?有 la 没有?我连这几个字都搞不清,还敢改作业……对",他"啪嗒"拍一下脑袋:"咱不是有钱吗?请上个大学生每晚来家改作业,一个月甩给他 50 块;不,80;哎呀,干脆 100。这不,连顾问带批改作业,啥不都齐全了。娃儿呀,你爹为你可是豁出去了。你可不许再考零蛋,长大了也别把 la 写成'了'、把'了'写成'3'了。他妈的,明明是'了(la)'可非得说是'3'……咱不懂,还是得去请大学生,请人家改作业。"

"请人改作业",这是菜贩子在改革开放中的又一发明。接着就有人推广,那人是我班同学赵大发。

赵大发膀大腰圆,是全校有名的超龄生,不知什么理由从外校转来,插班到我们班里。他每次考试都是体育及格。人可不坏,从家里来上学,一路总攥着拳头,虎视眈眈,一心想碰到街上的流氓欺侮女同学、小同学,以便他打抱不平,见义勇为。我们不知道他父母在干什么,反正家里天天有人送礼。他把这些香肠啦易拉罐啦巧克力啦,拿来分给同学,让我们帮助他抄作业。

赵大发是小迷糊的保护神,他俩一高一矮是对好伙伴。那天,大发听说小迷糊家里请来人改作业,左手掏一块巧克力填进迷糊嘴巴,右手拍了迷糊的头顶:

"好哇,你小子这么好主意咋不早说!"

赵大发回家就叫父母请人改作业,他父母立即打电话为他物色了一个大学生。可是,大学生来了一次就不再登门,因为大发要人家替他抄作业。大学生不干,给钱再多也不来了。

大发告诉他的父母说:"你们请的大学生有肝炎。还是我自己去请吧!"于是他请了一个初中都没上完的街混子来,冒充大学生,白天替他抄作业,晚上陪他打电子游戏。二人密切配合,从此我班同学就吃不到赵大发的火腿肠、罐头肉了。

赵大发的作业和"家长"批改我们见过,连$4×2=4$也得了"全优"。我们的作业批改后还要经过胡老师复查,写上"改得好""内有x题错误"……发回家长。赵大发的"家长"得到的批语总是"你好"二字。有一天,张校长到办公室抽查作业,指着$4×2=4$问是怎么回事?胡老师先点上一支"阿诗玛",从嘴里吐出一串烟圈,然后指着作业上的名字说:"看到了吧,校座!这是赵大发,现年15岁,背不会乘法口诀,咱还管他什么$4×2$等于几?好雨落到荒田里,咱认真也是白搭。你看这些学生……"他拿出一摞优秀生作业:"敬请校座钧鉴,这里面你能挑出一个符号不规范,咱割下耳朵送你喂猫!"

"我家不养猫!"校长说。但胡老师教出的学生他是放心的,什么鸡兔同笼、蜗牛爬竿……就是韩信点兵也不会算错。

张校长不说这个,笑指桌上的香烟说:

"这阿诗玛……"

"还有抽屉里的红塔山,赵大发的爸爸派通信员送的。你用,拿一条去,怎么样?他爸爸的烟也不是花钱买的。那是不义之财,咱也就取之不义。"说着又从嘴里吐出一串烟圈,悠然自得。

"这一条烟就是好几十块,抽完了人家的你可怎么办?你的那几个工资……"

"工资不够就考试!我一考试,那烟啦、酒啦……赵大发的爸爸就会派人送来。逢年过节提前几天到他那儿来趟家访,过节的东西就不用自己张罗……"胡老师正忘乎所以地在那儿滔滔不绝,忽然发现张校长没有听他讲话,只是望着墙上的标语"忠诚党的教育事业"出神。他忙又低声凑了过去:"校座!我是有些儿玩世不恭。但不考虑改行,不申请下海,坚守教育岗位,这就是最大的忠诚党的教育事业。至于大小不言揩他们个油,那是为了克服后顾之忧,以便更有效地忠诚党的教育事业。你呀,校座!人太老实。差就差在不能'更有效地'。像咱们的教师家属楼,我结婚时你就说想法子盖,可现在老婆扛着大肚子还没见你一根楼毛。眼看她就要把娃儿生在丈母娘家,孩子生在别人家,我咋有脸让他姓胡?你咋有法让我更安心地忠诚党的教育事业。"

"我再慢慢想办法……"张校长终于想出了办法。他把临街的校墙拆了,号召个体户投资,盖成楼房。底层朝外开,可做商店;二楼、三楼向里开,是教师住室。谁想占用下面商店,他就得负责上面两层出资,现款一次交清,商店永久使用。于是学校不费一分一文,平地竖起一座大楼,师生们眉开眼笑。只有张校长,他在签约那天晚上喝醉了,走腔邪调地唱起了《白毛女》,"喜儿、喜儿你睡着了,你爹叫你你不知道。你做梦也没有想到,你爹我有罪不能饶……"只有教育局局长明白他的心思:"他向我要钱盖楼我没有,他把校园的临街地皮给卖了。"大楼落成那天,外面各商店张灯结彩布置开张,空调、彩电、席梦思、组合柜……灿烂辉煌摆满一大街;里面教师们也在乔迁新居,被子卷、旧家具都往楼上搬。其中有"焦裕禄的破藤椅""雷锋同志补过的鞋袜""朱德的扁担""周总理的睡衣"……大网篮里装着陈年棉花套子、破席卷里塞着竹壳暖水瓶。引得路上行人指指画画,这个说:"哪里收来这么多破烂,怕不是垃圾箱里捡的!"那个说:"垃圾箱里也拣不出这些宝贝。你看那只破马灯,保证是建国前的产品。你家里能找来?他家里能看到?……""那还不扔了!""扔了?你倒大方。那是文物!明儿个上演《红灯记》,你把它扔了,哪儿再找去?"

教师们搬进新居,革命干劲大增。于是就拼命布置作业,学生们就千方百计应付。渐渐地,有的班就摸到规律了:凡是布置作业多的,批改就一定不认真,咱们就蒙他。他布置:用1、2、3、4、5、6、7、8、9,分别乘987654321,咱就先来个1×,最后来个9×,这9×千万不能乘错。至于中间的8×、7×……你就随便填个数,只要数字依次增大,不少于1×、不大于9×就行,反正教师是不去计算的。后来有人从家里拿来了电子计算器,一人按器,全班听写,多快好省,皆大欢喜。

这从家里拿来电子计算器的,是我们班的机灵鬼孙小华。

孙小华,鬼机灵,他专门和教师捣乱。老师问:"太阳从哪里出来?"大家都说"从东方出来",他偏说是"从地平线下出来"。老师考试,北京是我国的____,大家都填"首都",他偏偏填"政治中心"。老师问:"牛皮可以做什么?"大家答"可以做皮箱""可以做皮鞋"……他却说:"可以包牛。"有一次算术游戏,胡老师问:"树上有八只鸟。开枪打死了一只,树上还有几只?"大家争着说:"七只!"可是一想又马上改口:"一只也没有……"因为开枪以后,那另外七只,都被吓飞了。只有孙小华,一口咬定还是"七只"。胡老师最后说:"是的,应该还是七只。因为数学是按照假定条件而进行的逻辑运算,不能加入想象推理的成分。'吓飞'不是假设条件,不能加入运算。如果要加入运算,你还可以说树上还有三只——飞走了四只,那三只吓呆了！那怎么行。所以，逻辑运算，树上还是有七只！"

同学们不服气孙小华，孙小华却是胡老师的宠儿。又有一次举行计算速度比赛，胡老师的题目：$1\times2\times3\times4\times5\times6\times7\times8\times9\times0=?$ 同学们累得汗流浃背，一项一项往下接着乘。后来突然发现最末一项乘以0，才知道0乘任何数都是0，前面的数字就不用管了。于是纷纷直接等于0，交上卷子完事。只有赵大发还在按他的计算器。胡老师笑着说："现在收卷子。谁的卷子上乘的步骤少谁的分最高。因为是他最先领会到0乘任何数永远等于0。赵大发，你领会到了没有？你的计算器按到乘以0了没有？"

这一次，只有孙小华得分最高。我们说胡老师是专门为他出的题；胡老师说，这是培养你们的审题能力——作题之前，必须先看清楚整个题目。

孙小华得到胡老师的宠爱，更加肆无忌惮。有一天外面下大雨，胡老师来上算术课，不小心扑通一声滑倒在地上。同学们一齐向外看，孙小华说："不好，胡老师坐到地球上了。"这句话逗得满堂大笑。胡老师却不恼，他接腔说："这是因为地球吸引力的缘故。"

我们喜欢孙小华逗乐，乐罢了又批评他"捣乱"。学期终总评分，就"抠"他思想表现。所以，他虽然常考全班第一，但期终和操行成绩一拉平，就只能得个中间名次。他不在乎，他说："电视上军队出征，大官总走在中间！"

他不在乎,但却难为坏了我们班的韩秀叶。

韩秀叶,外号含羞草,她是一个胆小怕羞的女孩子。就是去交作业,也是把作业背在背后,趁人不见夹进全班的一摞作业中间,然后逃回座位上。她学习好,总考第二名,但是怕表扬。老师提一提她的名字,她就会脸红三天。

她的父母都在外地工作,奶奶管着她。奶奶说:"在学校里,只准和比自己学习好的孩子做朋友。"可是我们班里,比韩秀叶学习好的只有孙小华,而孙小华的名次却远远在她后面,况且又是个男同学。

韩秀叶不好意思告诉奶奶,说自己比全班女同学学习都好。于是,她就不能和任何同学交朋友,只能在学习上,暗中和孙小华赛,争取超过他。

韩秀叶唯一的朋友是小迷糊。小迷糊偶然也有一两次考试超过她。人家又是个"小迷糊",和这样的小朋友接近没人说闲话。小迷糊问:"含羞草姐姐,你为啥考试总考那么好?"韩秀叶拍拍他的头悄悄告诉他:"每次考试前,我奶奶总是先让我吃一根油条,再吃两个鸡蛋……""鸡蛋!那不就是零蛋吗?""是呀。一根油条两个零蛋,那是 100 分,你知道吗?"下次考试,小迷糊准备好一根油条两个鸡蛋。但吃的时候又忘了,他先吃了一个鸡蛋,又吃一根油条,然后又是一个鸡蛋……他一想糟了,只能考 10 分?韩秀叶给他解释:"不要怕,能考 90 分。你想,鸡蛋下面连个 1,不就是 9 吗?"

孙小华不信这个,他揶揄小迷糊:"下次吃鸡蛋你可慢一点,不能连着吃。你想,你把两个鸡蛋连成个8,不就成18分了吗?"

赵大发也想向韩秀叶讨办法,但韩秀叶害怕他。大发只好通过小迷糊向韩秀叶讨教,也得到了"一根油条两个鸡蛋"的真传。这真传虽然对大发从没有起过作用,但从此可以和含羞草通过中转站小迷糊间接接近,大发感到心理上很满足,因为含羞草长得文弱、漂亮。

自从胡老师的审题竞赛法出台,立即在全校引起反响。于是各种考试,一下改成了各种竞赛。什么语文竞赛、算术竞赛、智力竞赛、抄写竞赛、知识竞赛、百科竞赛……实际上还是作业竞赛!从胡老师的竞赛中我们还能学到"做题先审清整个题目"!从其他竞赛中我们能认清什么呢?"抄写课本十遍",天哪,这也叫"竞赛"。但这种竞赛忙得我们不亦乐乎,就是得了奖也笑不出声来。而韩秀叶,有一次,她从领奖台上走下来,头晕目眩,连忙扶在小迷糊肩上,赵大发又连忙扶住小迷糊,三人一同走回座位上。

王老师不搞什么竞赛,他甚至不去复习语文课本,而让我们把国歌歌词抄写一遍。因为他看了一篇报道,说在韩国召开的奥运会期间,中国一个人员被华侨问及国歌歌词,他竟写不出来。王老师认为这是国家的奇耻大辱。他要求自己的学生把国歌唱会、写会,错一个字也不行:"任凭考不上初中,也不能不会写国歌!"

别人搞大复习、小复习,王老师不管,他还是认真地死抠课本,一丝不苟地改他的作业,字、词、句……段意、主题、谋篇。凡他布置的作业,学生是没法互相抄的。譬如作文《我的爸爸》,你怎么抄?你爸爸没有开过飞机,你好意思抄个飞行员爸爸?

但赵大发还是要抄的。王老师把他找了去。

"大发!你爸爸今年几岁了?"

赵大发心中嘀咕,王老师又不是民警,查什么户口?他知道现在配领导班子注重年龄,就吞吞吐吐地说:"四十三……不,不到四十。"

王老师拿出赵大发的作文簿,指着说:"四十岁左右的男人,解放前还没有出生,怎么能卖给地主,还不是去当长工,而是去当童养媳!"

赵大发这可知道糟了,他的"家庭教师"太马虎,把《我的爸爸》抄成《我的妈妈》了。他准备挨王老师一顿讽刺挖苦,但王老师没有那样,而是耐心地对他说:"文章要自己做。自己做得再不好,都比别人替做的强。这并不难,你又不是没有见过你爸爸,他是什么样儿你就怎样写,文章不就成了!大发,你回去试着写写不行吗?"

当天晚上,赵大发破例没有去打电子游戏,吭哧吭哧写了一篇作文交给了王老师:"我的爸爸是官。小官见了怕他,他怕见大官。他训我,叫我小子好好念书,别想长大当官,官不是好当的。你在台上有人巴结,你一下台狗都不理。不像人家穷教师,上午退休,下午就有人来请,请他教复习班……他还说,那些教师们架子大着哩,啥官都不怕。领导去了,他连站都不站,抬抬屁股就算抬举你了,低下头还改他的作业。"

赵大发交上作文,原想王老师会耻笑他。没想到王老师却表扬了他,说他认真、努力,文章缺乏结构布局,却记事清楚、真实生动……而且还告诉校长:"这孩子有思想,一点儿不笨。他的文章,带有点沈从文纪实小说的味道!"

赵大发不懂得谁叫沈从文,但他知道那一定是个好人,于是高兴地逢人便讲:"王老师为人多聪明啊……谁说人家是'王傻帽'!"他从家里拿了两瓶竹叶青给王老师送去,王老师不收。他又逢人便讲:"……到底还是'王傻帽'!"

市里选拔三好学生,这本来是件与考学无关的事。但三好学生考学加10分,这就引起了家长、学生的轰动。加10分,那升学考试的10分,不比高敏跳水的10分容易,却是升学不升学的关键,揪着多少人的心啊!于是谣言四起:市长为他的朋友的儿子送条子来了,商业大厦为他们的子弟送来了金戒指……指名道姓,说得有鼻子有眼。同学们议论纷纷。

孙小华去问胡老师:"给你送金戒指了没有?"

胡老师双手一摊:"金戒指?连条云烟也没有。咱不是班主任,不参与推荐三好生,哪个傻瓜给我送金戒指!"

大家怂恿孙小华:"你敢去问王老师吗?"孙小华答应

"有办法"。他叫来小迷糊,悄悄告诉他:"赵大发的金戒指丢了,也许有人拾到交给了老师。你去问王老师,有人给他送金戒指了没有?"小迷糊不知端底,当真去问了王老师:"有人给你送金戒指了没有?"

王老师气得满脸通红,哆哆嗦嗦来到班里,告诉全班同学:"我,我不会接人家金戒指……"说着流下了眼泪,把韩秀叶吓得要死。孙小华自知闯了祸,低头不语。赵大发站起来说:"是谁欺侮了王老师?我要揍他!"只有小迷糊还在迷糊:"拾到东西交给老师。没有交就没有交,为什么流眼泪?"

王老师脸红流泪的原因并不在于收没收金戒指,而是在于学校确定的三好生名单无法宣布。论学习,他们都在前十名之后;论工作,也不全是班组干部。他们为什么能成为三好学生?张校长不敢向学生讲,王老师没脸向学生说。只有胡老师大胆直爽,他嬉皮笑脸向大家谈道:"不就为多考几个重点中学生嘛!学习好,能考上,不用加分,你要'三好'干什么?学习不好,给你个'三好',加上10分,考不上也是白搭!只有中间分子,不好不坏,加上10分进重点,不加就进不去。分数要加给他们,有钢使在刀刃上。如此而已,岂有他哉!"说罢哈哈一笑,一笑人间万事。

同学们听罢,涣然冰释,不再有什么意见。只是苦了那些"三好学生",他们成了"加10分"的代名词。有人气愤,想把三好学生的头衔退了,但回家和父母一商量,"加

10分也不容易啊",还是等考试后再说吧！

离升学考试一天天近了,各方面的工作更加紧张。张校长频频召开家长会,要求考生家长:加强学生营养,只能加强蛋白质不能加强脂肪,以免肠胃承受过量,造成泻肚拉稀……改善生活必须全家一致,不能做一点好的专给考生一个人吃,这会加重个人的升学责任感,给考生形成压力……下晚自习回家必须有人接,学生路上受点惊吓就会影响将来考试,说不定为那两分就决定你升不升重点……从现在起不准打骂学生,以免影响考试情绪……家长们把校长的话编成一号、二号、三号……《通令》,人人自觉执行,比国家主席的通令还要贯彻得当。譬如小迷糊回家,要多吃两个鸡蛋。他爸爸菜贩子就说:"不能多吃,校长说泻肚子拉稀……"小迷糊就说:"那是脂肪！我吃的是蛋白质！蛋白质,你懂吗？"菜贩子说:"那你把蛋黄留下,只准吃'蛋白'汁。"小迷糊更进一步挑衅:"怎么,你又想拧我？你忘了'以免影响考试情绪'……"

但真正接近了考试,张校长却又不慌不忙。他让毕业生每天上午增加一个课间活动,时间30分钟,可以打乒乓球、跳绳、练杠子……下午增加一点钟运动,打球、长跑,人人运动到出汗为止。离考试还有三天,毕业生停止复习,上午讲故事、看电视,下午逛百货大楼……人人说我们校长疯了,家长们都为自己孩子捏一把汗。但没有人敢违抗校长通令,因为他是省重点小学校长,他有把握。

三天,毕业班班主任开始为学生报志愿。升中学分重点:省重点、市重点、区重点……学生要估计分数报考志愿,报低了,吃亏;报高了,打下来下一级不录取;考前报上,中间不准更改。这是老师学生的一大难题。

王老师在为我们作难。像孙小华、韩秀叶……无疑要报考省重点;赵大发吗?胡老师说:"不用考虑,报考'胡同重点'算了。"难就难在像小迷糊这样的同学身上,成绩忽上忽下,使人捉摸不定。王老师亲自上家里和他父亲菜贩子商量,最后报了市重点。

赵大发并没有报考"胡同重点"。他来告诉王老师,他爸爸下期给他转学到省城,他不在本市考试了。

这时又传出消息:各级重点学校都收高价生,差一分交500元捐资助学,差20分交一万元。同学们都在丈量自己的家底:有人家里没钱,只好靠自己努力;有人家里有钱,但觉得拿钱买分丢人;小迷糊不嫌丢人,但怕他的爸爸回家拧他的耳朵……

考试前一天下午,班主任领学生去看考场,张校长却在学校宴请交通警。看罢考场回来,学校给每个同学发了一顶遮阳用的黄纱帽,交代大家明日考试一定戴上。这时突然传来坏消息:韩秀叶的奶奶让韩秀叶吃了粽子,韩秀叶开始泻起肚子来了。

张校长立即召开紧急家长会,布置家长要注意考生饮食规律化,平时没有吃过的食物,包括水果、饮料、奶酪、蜂蜜……平常没有吃,考前绝不吃,严防韩秀叶事件再次发生……今晚九点每人洗40分钟热水澡,保证能很快入眠……不早睡、不晚起,一定要把最充沛的精力集中到早晨八点到十二点的考场上……准考证不发给学生,以免丢失不能入场,统一由班主任携带到考场发放……考试工具由家长负责检查,口诀是:"钢笔、铅笔和橡皮,手帕、小刀五样齐。"孙小华悄悄在后面续上一句:"最后也别忘了你!"

家长们牢记口诀,紧张得通宵未眠,孩子从幼儿园到小学毕业,十年接送上学,成功与否在此一举,来不得半点含糊呀!一夜平安无事,东方发出鱼肚白,开始了小学毕业生黑色的一天。黎明,家长们揉着惺忪的睡眼,放下怀里的闹钟。他们不是去上街排队买豆浆油条——怕万一食物中毒;而是亲自下厨淘米做饭,连炒菜也不敢放油——校长通令:严防脂肪过量造成泻肚拉稀!

考生们从床上爬起来,每分钟都要看几次手表,看它走不走,看它离考试还有几点几分。我觉得那些手表制造厂家都是傻瓜,他们为什么不制出一批倒数计时的手表:53、52、51、50……最后30分钟,动身上考场;最后5分钟上厕所;最后1分钟准备入场!如果有这样的倒数计时手表,全国的考生准会每人买它一块!

最后30分钟,喝罢一碗茶水。"临行喝妈一碗茶,浑身是胆要出发……"我们像李玉和走上刑场。出门一上街,嗬!街上像送殡一样,大街小巷,都是赴刑场的考生和送考生的队伍：爷爷、奶奶、外公、姥姥、爸爸、妈妈、姑姑、姨姨、叔叔、舅舅……一人考试十人忙，你拿扇子我抱西瓜，挤得马路人行道水泄不通，汽车、摩托都在给行人让道。交通警们忙得一头大汗。他看见了戴小黄纱帽的学生就给你开路，谁挡了我们的道他就呵斥："闪开！不知道这是考生吗！"手中挥舞着电警棒，吓得行人躲闪不及。到了考场门口，两个交通警一左一右向我们敬礼……老校长，你昨天的宴请真没有白花钱。

事后我们得知，其他学校没有和交通警联系，他们的学生甚至有骑车和人碰了架被人拦住，结果迟到五分钟才进考场的。要是我们学校，警察一见小黄帽，一定要把对方一把揪住，不给他一电棒子就是好的。

操场上，到处是考生、家长、教师……还有卖冰糕、汽水、冰激凌的小贩。你听吧！处处是谆谆教导，个个在语重心长……"不要慌，沉住气，要先尽会的做……""你爸妈供你上学不容易，你要争气……也叫奶奶高兴高兴……"有人声震寰宇："娃儿不用怕，咱有的是钱，我都把你的捐资助学费交罢了，咱考多考少都有学上……"也有哀声凄厉："妞儿呀！咱回家不考了……你看把孩子吓成啥了？咋，你不怕？你看把奶奶吓成啥了……"更有的油腔滑调："咱可不用怕，昨日我打听好了，教育局局长是你妈妈前房老子的拖油瓶儿子，那是你亲舅哩！他敢不让你上重点……"说得活里活现，不知是确有其事呢，还是在无聊调侃。

我们的同学也都陆续到了,王老师在点名发准考证,胡老师在穿梭似的和同学说笑话,缓和紧张空气,稳定情绪。校医身后背着药箱,到处巡逻。张校长也戴着小黄纱帽来了,自行车上夹了一把钢锯,不知要干什么?

韩秀叶和她的奶奶来了,她们挟着大包的卫生纸,刚从厕所出来。小迷糊左手拿一根香肠,右手拿两个鸡蛋,左一口右一口吃着。菜贩子训他:"光顾吃哩!就不想想考试!"小迷糊使出了杀手锏:"你又破坏我的考试情绪!你敢不听我们校长的话?"你看那些娇嫩的女同学,爸爸在给打着扇子,妈妈在给擦着汗珠,姑姑、姨姨又在旁边捧着备用手帕、热水瓶……手帕有干的、有热的。七八个"仆役"围着一个"小公主",像电视上的李莲英领着一群宫女侍候慈禧太后。还是那些男同学有英雄气魄,他们讨厌家人们的婆婆妈妈:"去,谁让你们来了?我自己不会擦汗?你怕我考不好,给,准考证,你替我考去!"

考试委员们开始来了,监考老师开始来了。他们每人戴着写有"监考"二字的黄绸条,这样可以自由进入考场,外人就没有这个权利。后来市教育局局长来了,考试委员们马上拿出一个大红绸条"总监考",要给他戴上。局长连忙说:"不行!这'总监考'是给领导准备的。我戴上,市长、书记来了怎么办?"他回头看到我们校长,马上说:"啊,张校长。来来来,张校长是市人大文教委副主任,这'总监考',应当给文教委张主任戴上!"张校长连忙推辞,背后忽又传来一声高喊:"对!给张主任戴上!"这喊的人是谁？

市长,你不在办公室抓工业产值,你来我们小学生考场干什么？

"市长！局长！我今天是来送学生考试",张校长急得指着头上的小黄帽:"我代表考生,是你们的下级,我什么也不戴！"

市长说:"张主任,你是人大,权力机构；我们是政府,执行机关。是人大领导政府,这'总监考'你不戴谁戴？"

胡老师知道这"总监考"戴在我们校长胸前所能产生的心理优势,连忙挤过去把这一红绸条给张校长戴上。戴上后还要抻展抻展,把校长白衬衣口袋上的红蓝墨水渍尽量盖住。

前面忽然传来消息,一个考场的门打不开,监考老师把钥匙忘记带了。那是我校所在的考场,而现在离进场只有五分钟时间了。

张校长马上跑过去,取下自行车上带的钢锯,嚓嚓嚓锯开了门锁。最后五分钟,我校的考生,统一集中在自己的休息点上,跟着王老师做上臂摩擦的运动。这是为了防止开场后手指发抖,那几乎是入场考试的必然现象。这时全操场人声嘈杂,像翻腾的大海；只有我们的考生点安静肃穆,像海浪澎涌中的一座孤岛。

市长不由得感叹:"不愧是老校长、名校长带出来的学生啊！"

局长说:"他送毕业生上考场,这已经是第二十四次了。如果不是'文革'耽误,他会创造出四十次的最高纪录……"

八点,凛人的铃声,考生入场。全操场一片肃穆庄严,连走动都没有人随便走动。小贩停止叫卖,锅炉也不再轰鸣。人们彼此听到对方的心跳声——不,那也许是手表的嚓、嚓声。

八点十五分,迟到的考生禁止入场。那父母贪睡误了时间、自行车坏在路上、忘记准考证回家去取等等考生,不论是何原因,一律不得入考场。所以这一天早晨的路上,考生们见了老大娘晕倒街头,见了小姑娘被流氓欺侮……这些本该助人为乐、见义勇为的事就让别人去做吧!你应该置国家民族生死存亡于不顾,一心去参加你的考试。因为你是考生——考生迟到十五分钟不得入场,这是政策。全国任何政策下边都有对策,唯独这一条没有。不信,你去打听,看谁有对策!

不到三十分钟,考生不得出场。这一条规定本不难为人,但却难坏了那些泻肚拉稀的带病考生。人们说,水火不留情,一旦憋不住,大堤决口,那可咋办?所以王老师一直在盯着考场,生怕韩秀叶……韩秀叶的奶奶早已吓得浑身哆嗦,站在王老师身旁,手抱卫生纸,像战场上的担架队,随时准备冲上去抢救伤员。张校长因为有个"总监考"绸条,他可以越过五十米禁区接近考场,也一直在巡逻着,看有没有考生发生意外。但他毕竟又是考生校长,所以自觉不进入考场门内,以避免产生与本校考生作弊的嫌疑。

三十分钟到了,弃权的考生可以退出场外,场上的考试题也可以传出禁区。这时各校的毕业班教师都紧张到极点。他们像一群等待揭宝的赌徒,把一年一度的赌注全押在这一揭上:押中的,不仅本人兴高采烈,而且学生们也会山呼万岁,从此高视阔步,走进校园,校长、主任见了也得恭立道旁,树木花草也像是向你肃立致敬。你如果押不中,"妻不下纴,嫂不为炊",父母也后悔当年不该供你上学,应该让你去卖包子;讨饭花子也躲着你走,怕沾了你的晦气。

可现在数学试题传出来了,第一道题:
$1 \times 2 \times 3 \times 4 \times 5 \times 6 \times 7 \times 8 \times 9 \times 0 = ?$

张校长不去挤着看题,他看胡老师。胡老师一瞭题目轻蔑一瞥,笑看张校长:"怎么样,校座?不,总监考,总座……这一次你就是把你骨头磨成扣子冒充文物卖给外商,今年的奖金也得照发!"

"是是是,照发,照发……"张校长喜从心底来,第一次说了一句有伤斯文的粗话:"我就是回家卖老婆,奖金也得照发!"

不好,从考场里背出一个学生来,所有家长都扯长脖子向那里看。王老师急得直冒汗,韩秀叶的奶奶吓晕了过去。但那不是韩秀叶,而是其他学校一名学生中暑了。医生给他进行热敷,他喝了一瓶十滴水又重上考场。

接着又有学生被抬出考场。病人摆着手表示不再参加考试了,于是被允许抬出禁区。禁区外的爷、奶、爹、妈一齐扑了上去,这学生忽地坐起,大声呵斥:"我说不行吧,你们一定要让我来!看把我热坏了你们可美了。快拿来,酸奶!"连其他家长都感到哭笑不得。

还有最后三十分钟,小迷糊从考场走了出来。菜贩子急得直叫:"你、你、你……你怎么出来了!"小迷糊说:"我答完了咋不出来?"胡老师连忙拉过他问:"你最后检查一遍没有?""检查?没有……"胡老师一道题一道题问他答案,这时孙小华也从考场出来。他们互相一对证,胡老师向张校长示意:"没错,都是100分儿!"菜贩子大喜过望,伸手就想攀儿子脑袋过来亲嘴,小迷糊以为他又要故伎重演,连忙护住自己的耳朵。

下课的铃声响了,考生们一阵哄乱走出考场。只见韩秀叶挤出人群,一头向厕所奔去,吓得她奶奶直念"阿弥"。好大一阵,韩秀叶终于走出厕所,跑来偎在奶奶身旁:"奶奶不怕。我一上考场就忘了泻肚;一出场就再也憋不住……"说得双颊绯红,一头扎进奶奶怀里。

操场上人们炸了营,高兴的、懊悔的、议论考题的、褒贬教师的……家长们早已把打开瓶的汽水、剥去包装纸的雪糕、捡去籽的西瓜……一一送到考生嘴边。考生哪顾得吃喝,气喘吁吁地还在咒骂那些求证三角形面积公式、咒骂那些加减乘除四则运算。忽然有人说这次考试跑了题,操场上一下像一团马蜂被捣烂了窠。

只有我们学校的小黄帽休息点安静如初。我们既不议评别人,也不后悔自己。大家吃着点心喝着开水,心平气和地准备下场战斗。你看小迷糊,又是一根香肠两个鸡蛋,左一口右一口,就像世界上除了吃,再也没有其他事情。

离第二堂考试还有两分钟,我们在音乐老师指挥下,唱起了《咱们工人有力量》的歌曲。歌声整齐嘹亮,那强有力的旋律,充分显示了我们的信心。唱毕,同学们相互对掌一击,鱼贯走进考场。

我们的整齐、沉着,引起了全场观众的议论:重点小学哩,干啥事都威武整齐,升学率咋能不高?……咱怎么没想到,叫学生统一戴上纱帽。纱帽就是升官呐,你看对升学有多吉利……人家校长是总监考,咱们校长是什么,是分监考?不,是被监考,连考场边都不能沾……

第二堂考试语文。第一道题默写中华人民共和国国歌歌词。这道题王老师领我们练过,每逢周会又要唱这国歌,所以人人都会写。其他的学校只知"奏国歌",他们的学生不会唱。事后听说,还有人写成"大大、哩的、哩大,大大、哩的的、哩大……"的哩!

作文题《我的爸爸》,这是每个学校都做过的老题,但偏偏有几个学校的考生写成了《我的爷爷》。此事不能怪这些学生分不清爷爷、爸爸,而是……据说,原题目就是《我的爷爷》,后来走漏了题,教育局局长就悄悄把题目换了。得题的学校还蒙在鼓里,继续练他们的《我的爷爷》。学生上考场晕头涨脑,一看《我的……》就写爷爷。这件事也怪我们的圣人仓颉,当初造字为什么不把两个字造得差别大些,以致五千年后考晕了头的考生,见了爸爸,还以为是爷爷。

下课铃声终于响了。那些做错了题的考生走出考场还在兴奋不已。当别人指出题目已改过,是《我的爸爸》不是《我的爷爷》的时候,他们不禁目瞪口呆,突然抱住前来迎接自己的爸爸号啕大哭:"哎呀,'我的爸爸'!我怎么把你当成了'我的爷爷'……"闹得家长莫名其妙,变颜失色,以为考学把孩子憋出了神经病来。

考试结束,人去操场空,留下了满地的残瓜、剩果和没喝几口的汽水瓶。这并不是考生的故意浪费暴殄天物,他们像听到冲锋号的战士,闻铃奔向考场,要扔掉背包,还管什么只啃了一口的苹果、半瓶汽水!

考试完毕,但升学工作并没有结束。教师们在帮着学生核对标准答案,估计考试成绩。今年的形势看好,我校学生、家长都很高兴,校内校外洋溢着一派欢乐气氛。但没有等大家笑出响声,乌云压城,简直让人抬不起头来。

街头巷尾出现了谣言:今年的考试走漏了题,得题的是我们学校……

他们的王老师知道要默写国歌……

他们的胡老师知道零乘任何数都等于零……

他们作过那篇作文《我的爸爸》……

他们的校长戴着总监考条子,谁能保证他不向考场传递消息……

居委会的老娘们戴着红袖箍找来了:"你这校长咋当的?你看外边把你说成啥了!叫我们居委会怎么为你说话?"

校长说:"外面咋说用不着居委会管,学校没有委托你们为我说话!"

"我们可都是为了你好……"

"所以你那孙子户口不在本区,还是不能来上我这重点小学。"

"你、你……好,咱就等着以后看好戏吧!"

一波未平一波又起,区里的小干部也来找王老师:"你是怎样偷漏了考题的?"

王老师气得浑身哆嗦,胡老师一步插向前,气势逼人反问他:"不轮到你交作业,你为什么进来?"

"我不是你们的学生……"

"那你是什么人?"

"我是区里来的干部。"

"小学没毕业,怎么当上了区干部?"

"谁说我小学没毕业?"

"小学毕业,为什么不懂礼貌?"

"……你、你……我是区里干部,来追查你偷漏考题……"

"我是国家级公民,来教育你说话要有礼貌!"

这时同学和教师都围了上来,张校长拨开众人走上前去说:"区里的干部,你来带介绍信了没有?"

"我,我……就在本区工作,要什么介绍信?"

"没有介绍信,本校恕不接待。同学们,把这位不明身份的人请出学校!"

"好哩!"同学们一哄而上,连推带揎,将他赶出了门外。

张校长气得发抖:"捕风捉影,谁都想来趁机敲诈!"他立即打电话找教育局局长。局长也十分恼怒:"三个月前作的练习,怎么能是偷漏了十天前才定下的升学题呢?今年的漏题现象确实有,但那不是你们,而是一些做错了题的学校。"他最后吩咐,今后再有人去找你们,一律叫他来问教育局!

无中生有的谣言不难对付,但实实在在的失误却难于改正。小迷糊,王老师怕他迷糊,才给他报考了市级重点;谁料他偏偏不迷糊,考试答案几乎挑不出毛病。好成绩上不成省重点,王老师为自己工作的失误大伤其心。

下午,菜贩子来校大闹一场,找校长,不依王老师,说他的儿子高成绩报了个低志愿……别人说:"当时不也是你同意的吗?"他说:"那是因为他骗我,说我儿子成绩不稳定。现在看看,这么高的分,像我卖菜的秤砣,咋不稳定?"接着大哭大喊,力逼王老师给他儿子重报志愿。

重报志愿!全市无此先例。

晚上,王老师正在闷坐,小迷糊悄悄从门缝溜了进来。他贴住王老师耳朵说:"王老师,你不用急。我爹再来闹你,我回去骗他,就说我考的成绩是假的。是骗他高兴的,根本不会够重点分数线,他就一下皮球泄了气。然后我就躲到奶奶那里,他也不敢到那里拧我耳朵……"

王老师听着听着流下了泪来。他含悲带笑说:"小章,不能那样做。你考出了好成绩,应该让你爸爸高兴,他为你上学确实操了不少的心。你自己考好了,也应该升入省重点中学,这是你继续深造的好机会。至于改志愿,让我自己再想想办法吧!"他双手抱着米小章的手,米小章的小手也在摩着王老师的手心。那小手就像一只熨斗,把王老师的每个毛孔都熨得舒舒贴贴。

这一夜,尽管有诸多压力、一腔烦恼,可王老师心情非常恬畅。他送米小章回家,路上叮嘱小章上中学后再努一把力,攀登科学高峰,做一个征服宇宙的科学家。他指着天上的星说:"有一天,人类第一次飞向火星,如果那宇宙飞船上坐的是我们的米小章,而我坐在电视现场直播屏幕前为你鼓掌,那该是多么高兴啊!"

米小章爽快地笑了,笑得天真;王老师悠然地笑了,笑得悠远。师生在笑声中分手。这一夜,仿佛全人类都进入了一个恬静的世界。

三天之后,米小章的志愿改了,改成了省重点中学。有人质问招生办公室,为什么允许涂改志愿?教育局秘书兼招办主任说:"没有人改志愿。米小章原本就是报的省重点。"

但我们同学忽然发现,王师母手上的金镯不见了,又听说招办主任曾给妻子买了金手镯戴上!

同学们气愤不平,但谁也想不出办法,最后韩秀叶说:"咱们去找赵大发吧!赵大发总说自己有办法。"

赵大发闻声即动:"他妈的,欺侮老子,竟敢动"王傻帽"——不,他敢动王老师!"领上几个同学,就向招生办冲去。路上碰到菜贩子,他叉开双腿拦住去路:"老伯你,太不够意思。你,你,你,你去欺侮我们王老师,我们老师的金手镯,拿来,我要你赔!"菜贩子莫名其妙,几经讯问,才弄清了事实真相。然后拍着胸脯说:"大侄子你放心,老伯不是吃屎长大的。王老师的金镯子我包了,三天之后送不到王老师桌子上,我割下脑袋让你当夜壶,尿尿!"

同学们跟赵大发闯进招生办,迎面遇上了那个主任。赵大发说:"拿来,金手镯!你要知道,我爸爸……"

主任不动声色,向赵大发说:"大兄弟,别着急,有话慢慢说,悠着点劲,别把玉米糁喷人脸上,让人家知道今早你们家忘了去打牛奶!"

"你黑了我们王老师金手镯,快交出来,要不,我告诉我爸爸!"

"兄弟别误会,你爸爸有权有势,但他从不和我计较,我不怕他。至于说金手镯,你问你们张校长去。"

"你胡说。有人见你老婆手上戴着!"

"嚄,消息可真快!你们张校长拿手镯来要笑我们,说我们不给他改志愿是他礼没送到。当着这么多的人,硬让我老婆戴上,也不知道那是他老婆还是我老婆!大发兄弟,这是送礼吗?人家给你爹送礼有当着这么多人送的吗？他要是送个西瓜,我们可以切开吃了;可他送金手镯,砸不开、分不成的金手镯……这是送礼吗？这是出我们的窝囊!"

主任拿起电话,拨通张校长:"张大老板,我这里有一群小将,都是你的部下,他们向我追赃要金手镯。还是你向他们交代吧!"说罢把听筒交给了赵大发。

听筒里传来张校长的声音:"大发啊,是我拿手镯去恶心他们,他们哪里敢收!你让同学们都回来,金手镯还在你王师母手上。别给我添乱。"

赵大发跺脚转身就走,主任连忙出门送客:"你们慢走,多坐会儿么,有空再来玩……"人走远后,主任转身回来,向他的办公室人员作革命回忆,说:"当年'文化大革命',赵大发他爹,是教育局秘书;我们'捉鳖战斗队',也就像刚才他们一样,冲进教育局,去捉他爹……那时候我们冲来杀去,革命干劲可大了。谁料到三十年河东转河西,今天他儿子又带人来捉我!"

招生办那头祸乱刚刚平息,菜贩子这头又来找王老师。他背着一袋子木耳、黄花,捧着一只新打的金镯,来向王老师赔情。进门先打自己一嘴巴,说自己那天不该来闹老师,说自己不是人,是狗,连狗都不如,要王老师不要和狗一般见识,不要气坏了贵体。王老师一再解释金手镯没有送给招生办,他说你没有送给他我也得送给你,你要再不收我就赌咒:"谁不收这金镯谁就是要日我妈!"

王老师就像被人扒掉裤子羞得无地自容,旁观者听此奇言哭也不得笑也不得。上帝啊,你快给王老师开条地缝,使他从这尴尬境地儿中窜出去吧!

天底下的事难不住胡老师。他说:"收下金镯!就算人家来捐资助学不就得了!"

胡老师回自己住室,找出一个红绒烫金的"证书"皮儿,把内中的优秀教师证词撕去,换上一张白纸,挥洒自如地写下三行繁体字:"某某某先生捐献金手镯一只助学,特发此证,以资鼓励。"校长不在家没有公章,他找来学校医务室的公章,用油纸把"医务室"三个字贴住,剩下"××省××小学"七个字,就这样,印上了我们小学的"公章"。有人说,你这个"公章"比真正的公章小了一号,行家一看就知道是假的。胡老师说:"又不是银行支票,谁管他真不真假不假!"

等一天,熬一天,我们小学生,终于等来了宣布录取新生名单的这一天。

我们不敢从学校大门进去,一个个从后门悄悄跟进,躲进一座空教室里。名单电话传送。从电话室到这间教室之间,有五年级学生为我们从中传呼。他们每听到一个名字,就齐声向我们高喊。喊到名字的人激动得直喘粗气,没有喊到名字的人更是瑟瑟发抖。至于韩秀叶,她早已满脸苍白缩成一团,像一只待人宰割的羔羊。急得小迷糊在一旁直说"我怕";孙小华说:"要是赵大发在这里准会好些。"

老师们都躲在会议室里等电话,他们也同样紧张得不响一声。

电话里念着一个一个的名字,每念一个我们一次激动,越念到最后我们激动得越狠。当念完了我们所有人的名字时,我们都呆了,一个个傻怔怔不知道说话。韩秀叶张嘴一吞一吞眼看接不住气,小迷糊"哇"的一声哭出了腔来。于是,我们全体涕泗滂沱,不顾男女之别,相抱痛哭。

张校长跑过来,大声喊:"不能哭,要笑,大声笑……"

胡老师跑过来,大声喊:"哭出来,哭出来,痛痛快快地哭……"

王老师面无表情,像坐定入化的老僧,不知天地间尚有此身此心,不知身外还有人间事。当大家情绪安定之后,他向我们手一摆说:"走,到野外去,看看蓝天,看看青草……你们一上小学就是六年,也该换一换脑筋,呼吸一下新鲜空气了!"

出城,到郊外,那里有一片碧绿的稻田,有一望无际的天空。天地相接处,形成一条若有若无的虚线。啊,这不就是课本上说的地平线吗?近处的山是青的、远处的山是蓝的,那白云笼罩山头,绿水缠绕山边。亲爱的同学,你们看见过这恢廓的天空、这静谧浑雄的大自然吗?你们想象过那公园中的鸟儿,他们曾经是冲入云霄磔磔于天地间的生灵吗?今天我们方才知道,生活里除了课本、除了作业,竟然还有这么一个世界!

王老师说:"鲁迅先生当年写了《从百草园到三味书屋》,我们今天却是从三味书屋到了百草园!"

诗歌散文集

南阳街头

是无数如花的少女点缀着这如花的城市
是漫漫不尽的流水车马流过这漫漫不尽的大小街衢
我看所有的行人都是陌生
陌生的行人都不看我

把我的心分赠给每个游客
我意识不到自己的存在
此时此刻从我的身旁
光阴女神悄悄地溜过

寂　　寞

在寂寞里
蜡烛欣赏着
希望的自我燃烧

燃烧完尽了
欣赏也完尽了
蜡烛成了灰
希望也成了灰

不曾完尽不曾成灰的
只是永恒的寂寞

中原逐鹿

强秦失道
生民荼毒
英雄发难
干戈起舞
鹿失中原
八方共逐
楚虽三户
亡秦必楚

千里家国

千里兮家国
将军兮白发
快征夫之泪落
纵飞马而食肉

淘 金 传

一、淘金者

北极之光
吻着那遥远的地平线
漠外的风
舔着这广袤的古高原
黎明不论日出
一声鸡啼——
从木板棚下
从土炕窑中
从古树洞里
从柴草堆后
走出
一个
又一个
淘金者……
淘金者——

那些山东大汉
口外饥民
赌博场上的光棍
鸦片烟馆的老客
耷拉着两肩晦气
怀抱着一线生机
背井离乡
来做一场发财的梦
为了什么呢？
是大水冲光了家产
是成家要置买田地
还是和妻子怄气
和朋友打赌？
不是，不是
都不是
赵老三
伸一伸懒腰赶去疲乏
也赶去
心头那个
穿月白大衿的
扎大红头绳的
毛家的小姑
只要
拣到了金

就回去
娶她
一言为定
淘金去
走!
从赵老三背后
窜出一支白色的闪电
那四只黑蹄的
"乌云堆雪"
"乌云堆雪"
冲出人流
领着狗群狂奔
奔向
金色的太阳
奔向
太阳下埋藏的黄金。

二、淘金

掘起
一筐筐泥
淘出
一箩箩沙
水随泥流去
泥随沙流走

一筐筐
一箩箩
那黄灿灿的金子呢？
都随着泥浆
随着汗水
流出了老金沟
流进了额木尔河吗？
不
这老金沟
有一沟的金子呢！
看咱赵老三的吧
肚里那两碗苞米糁子
能拧出一百筐血劲
能挤出一百箩汗水
再一锹下去
也许
就是黄金呢？
瞧——
真的
一镐金星
两眼火花
天旋地转
晕倒在浑水里。
今儿个

不因沙石眯眼
却为累转饥肠
就这样躺下完了吗?
听——
气咻咻野狼来啃尸
舔咱手的
拱咱脸的
就是它——
"乌云堆雪"
衔来烟荷包
拱咱手上
那毛家小姑绣的
卖钱籴粮的
烟荷包
赵老三
一挑干柴从货郎担上换到手
蛮有点情意呢!

三、王寡妇酒店

王寡妇酒店
撩逗淘金者的
是寡妇
还是酒?
掌柜的打发客

哄人一句话
——酒醉不想家。
都是关里乡亲
拿命拣金子的
干的是开心活
为什么不寻开心!
来吧
灌进去黄汤
吐出来昏话
仗着酒盖脸
敢装王八蛋
她是个寡妇嘛
什么没见过
男人淘金喂了野狗
回不了关内
不侍候咱侍候谁?
瞧她左躲右闪
鬼也沾不了边
真是个刁娘们呀!
啊
赵老三
规矩人也来凑热闹
给——
来一杯

就算是迷魂汤吧
毒药也得灌下去！
嗬——
王寡妇
你干么夺去泼了
换一杯热茶给他？
怎么
他年轻
不能学我们的样
你是看他嫩吧
连你的小母狗
那一身白毛的"雪里迷"
也绕着"乌云堆雪"转呢！
狗闻屁股臊
这里头
有腥味哩？

四、崩岸

漠河北极村
八月雪花飘
天寒地冻
淘不了金了
冰封雪埋
回不了家了

再去筛几筐吧
今年的运气没有完呢
赵老三
扛起镢头
"乌云堆雪"
衔起箩筐
奔老金沟
发财去
说不定
时来运转
就在今天啊!
今天
今天和往常一样
老金沟不见金子
只有找金子的人
扑通
哗啦
水里搅着泥浆
泥里和着沙粒
那两碗苞米楂子的劲
挤挤拧拧
再筛一箩
再挖一锹
突然

轰隆一声
那"乌云堆雪"
仰面扑向赵老三
这畜生疯了!
赵老三一个仰八叉
甩出一丈外
躲过"乌云堆雪"
躲过了崩崖裂岸
沙石迸在身上
泥水溅在脸上
赵老三
晕厥了
赵老三
又清醒了
混浊的流水也澄清了
看那浅浅水底
闪出粒粒金沙
这不是星映水底
这不是眼冒金花
"是砂金啊!"
"是砂金啊!"
赵老三狂奔
赵老三嗥叫
老金沟人追狗窜

"砂金啊!"
"金砂啊!"
挽起袖子捧吧
脱下裤子装吧
赵老三被人流挤倒
愤怒的"乌云堆雪"
撕咬开人群
让自己的主人
去捧那要命的金沙。

五、赌博

雪封兴安岭
拦住了发财者的还乡路
把他们
拦在漠河边
拦在老金沟
拦在王寡妇酒店。
赵老三
也来喝一杯吧
没有你
咱们发不了财呢!
"就喝一杯吧!"
——听
王寡妇也这样说。

对
听她的
她是掌柜娘么
她是你娘么
哈哈哈……
来吧
赵老三
今年你运气
推牌九
准定赢呢!
怕什么
有大捧的金砂
输不起几个小钱?
不会玩——
我们教你
生手财气旺
最能赢哩!
王寡妇
又不是你男人
你混搅什么
快回柜上去
我们要说脏话了。
来呀
爷们不听娘们话

下赌注吧
毛票、制钱、角子、铜圆……
输出去的是晦气
赢回来的是吉利
输光了
权当没有淘金砂
权当没有闯关东
权当没有输
权当赚了个快活
别想——
家里的娘们
她们
早跟大脸的汉子跑了。
赌吧
这撮骰子的俩手指头
才是咱的哩
要翻本
下大注——
烟土、银饼、金砂……
灯里没油——
再添
炕下没火——
再烧！
下不了狠心

就灌他四两黄汤
怎么！
输得起还能喝不起
什么？
赢得起还能喝不起
钱在手里转
酒在嘴上流
输的人醉了
赢的人醉了
天旋地转
赵老三
趔趄着扭出赌场
手里攥着一团毛票
可我的金砂呢
那装在烟荷包里
拿命换来的金砂呢？
是输给了刀疤刘
还是押给了混子老七？
王寡妇呀
我没有醉
你干么一个劲
抠我嗓眼
是要我吐出来
肠子肝花？

"乌云堆雪"
你要说什么呀
咱的手叫你抓破了
怎么
是你狗嘴里衔着
咱的烟荷包
那毛家小姑绣的
里面装着金砂。

六、雪

黑龙江上飞雪
掩埋了
淘金者的窝棚。
棚杆
压成弓了
土炕
冻成铁了
连枕头石
也龟裂了
淘金者呢?
都上王寡妇的酒店里去了
酒店
埋在雪窝里
埋在路底下

行人雪上走
脚下听鸡鸣
一步不小心
跌进大烟囱
进酒店
坐着往下滑吧
一屁股滑进门
溜到炕头上
炕头上——
有烤焦的烟
飞滚的茶
熏黑的纸牌
嗑碎的瓜子
倦了
困上一觉
醒了
抹上一牌
灯里油长添着
炕下柴常烧着
锅里有肉泡饭
碗里有混糟酒
这里就是家
这就是过日子！
呸，活见鬼

北岭外的冬月
只有黑天不见白日
哪来的"日子"？
混吧
赵老三
你不耍钱了
不喝酒了
呆坐在那里
想什么呢
咋不唱一段
"小寡妇上坟"
嫌旱烟呛人
嫌脏话臊嘴
出去透透气吧！
"乌云堆雪"呢
它趴在门口的雪洞里
四蹄是点点黑
浑身是一团白
黑葡萄的眼睛是两颗
不
是四颗呢！
那不是掌柜家的
"雪里迷"吗
你俩偎成一团白

挺馋人呢!
好
我一个人出去
爬出门外的冰坡
窜进漫天的雪雾
好清爽啊
好来劲啊
捶打绷胀的筋骨吧
冻死在这雪地上
也强似活埋在雪底下
冲——
管不了
脚下房顶树梢
分不出
地上南北西东
顾不着回头的路
说不上寒热饥冷
向着风暴
向着雪团
向着白惨惨的地
向着白粉粉的天
去哭吧
去喊吧
冲到精疲力竭

喊到昏天黑地
哭到晕头转向
哪里有人呢?
从天边
从另一个世界
传来一声犬吠
"乌云堆雪"
你是放弃了自己的恋爱
来救主子的吗?

七、血战

春来了
雪消了
闷了一个冬天的人
回到了窝棚
饿了一冬天的狼
来到了窝棚
淘金者蒙头酣睡
做的是还乡梦
贼饿狼步步进逼
想的是人肉香
只有淘金者的狗啊
不想回家不做梦
嗅出了血腥的危险

它们狂吠、奔突,惊不醒主人的梦
狼们呲牙、刨爪,丢不开活肉的香
狗群冲进狼群
撕开狼的肚皮
狼群冲进狗群
咬断狗的喉咙
你眼里滴着血
我嘴边挂着肉
洁白的雪上
肆意地涂抹着胭脂红
星儿寒心
躲到月后面去了
月儿胆战
躲到云后面去了
只有太阳是大胆的
它漫不经心地抬起头来
用那猩红的睡眼
向沉睡的人民
展现出这五彩缤纷的筵席
淘金者终于醒来了!
咱们的狗呢
到死尸堆里
去寻找吧
是受了伤在呻吟

是送了命已断气
或抱着狗头痛哭
或撕打狼腿解恨
赵老三呢？
他满手血污在残肢里翻捡
不停地翻捡
绝望地翻捡
咱的"乌云堆雪"
被狼吃掉了？
连一根骨头也没有留下
王寡妇过来了
怀里抱着一条血狗
"雪里迷"，不，叫"雪里红"吧
垂死着
伤口还在浸血
蓦地
它一挣跳下地
奔向狼群逃去的方向
在那里
在天边地平线上
跳跃着一个红点
"雪里迷"朝它奔去
渐渐地——
小了

近了
小到没有
近到
两个红点合成一个红点。

八、告别

淘金者淘到了金
就想到了回家
天晴了
雪化了
赵老三也该动身了
那豁达洒脱的王寡妇
拿出私蓄的金粒
给赵老三添盘缠
你，王寡妇
有这几粒金豆子
咋不回关内呢
难道
你要老死在兴安岭下
把骨头丢进黑龙江里
路上
有红胡子
有黑瞎子
你跟上个男人

还怕什么呢
男人
谁个没良心
能把你拐卖了
你连我赵老三也信不过吗
别人
都说你刁
我可是
一句闲话也没说的呢。

九、回家

春来迟
花开晚
黑龙江上
新的淘金者要来了
老的淘金者走尽了
赵老三真该回家了
要回家了
丢了那王寡妇吗
酒店里最后一夜
还没有商量好
看
姓赵的独自一个
领上"乌云堆雪"

走了
王寡妇站在村头
不动
只有她的"雪里迷"
在追着"乌云堆雪"不放
追上大路
窜到"乌云堆雪"前头
领上它跑回村
再转回大路
又拦住赵老三
两只畜生
前后追着两个主人
兜圈子呢
撒欢儿呢
赵老三急于上路
将两只狗分不开
王寡妇无心回村
把两只狗赶不去
"乌云堆雪"跑着
尾巴夹在腚里
"雪里迷"跑着
肚子拖在地上
王寡妇看着哭了
"它是有了崽了"

赵老三看着哭了
"她是有了崽了"
回来吧
还有啥说的呢
赵老三回到村头
掏出金豆、金砂
倒到王寡妇手上
那装过金砂的烟荷包
毛家小姑绣的烟荷包
丢在了地上。
酒店的门开了
王寡妇走进来
赵老三走进来
"雪里迷"走进来
"乌云堆雪"走进来。
女人把金子交给赵老三
"你看，藏到哪儿？"
狗儿把烟荷包又衔回来
赵老三接在手上
"我看，还藏在这里"。

愁斯岭记

咸丰十年六月,重修《淅川厅志》载:"愁斯岭,城北二十余里,相传汉光武过此,征夫之劳瘁,愁斯岭之难越,高语闻野,后以为名。"

出淅川新城,过老鹳河,二十余里,便是愁斯岭。

愁斯岭,它横卧在行人面前,像一条无尽的长堤,像一堵齐天的高墙。老鹳河在这里拐了一个弯儿,转身一旋,向南去了。

此时行人止步,前有险山,后有恶水,进退失据,不由不产生一些紧迫之感。

这正是"山重水复疑无路"的地方,却不见"柳暗花明又一村"。

定睛仔细看去,山上有一条"之"字拐的小路,隐隐约约,像藏在草丛中的蛇,蜿蜒曲折,从山下直通岭顶。岭顶,有一座小之又小的古庙,颤巍巍地坐在山巅。

路,时直时曲,时仰时俯。为了爬上更高处,有时还不免要向下行,因为山是重岩叠嶂,并不是几何学上由平面砌成的棱台。上上下下,翻过多少道山梁,其实仍然是在山底——当然那已不是山前的山底,而是接近于山下的山底了。而真正的"登山"还不曾开始,虽然早已是汗流浃背、气喘吁吁。此时抬眼望山顶,山顶就像在头顶之上,你就是把脑袋仰到脊梁后,也是看不到它。愁哉,斯岭!

但是,山上有庙,庙下有路。

路,躲藏在荆棘下,蜷伏在草丛里。青草爬到路上,又被行人踩在脚底,不知是草挤了路还是路挤了草。就在它们挤来压去的当儿,有数不尽的行人从此走过,来到山腰,登上岭顶。

岭顶,在群山之巅。登岭顶舒长吁,举足红日近,俯首白云深。一览遐迩,山河尽收眼底。只见丹江如烟,淅川似雾,远近迷茫一片,分不清哪是秋水哪是蓝天。

孟子曰:孔子"登泰山而小天下"。我体会,那登上泰山之后,"小"了的固然是"天下",而大了的却不是泰山,那么他是谁呢?你不看到了吗?那颤巍巍的一座古庙——其实只不过是四块石头砌成的一个神龛,在神龛里面,既没有泥塑的偶像,又没有木制的神主,那里被顶礼膜拜的是谁呢?啊,是了,是那些登上岭顶、大刺刺地坐在神龛上休息的人。他们口噙烟管,怡然自得,哑一口旱烟吞云吐雾,那不是名副其实的坐镇三山五岳的神仙吗?"登泰山而小天下","小"了的是"天下",大了的却不是泰山,而是他们。

  山上有庙,庙下有路!

  但路是藏在荆棘中的呀!愁哉,斯岭!

雪

我的家在北方。北方，有历历千里的严冰，有茫茫万里的飞雪。

雪从风中来。

炎夏去，秋意凉，西风渐起。西风，它吹红了垄上的高粱，吹老了川里的玉米，吹干了山上的青草，吹黄了枝头的绿叶……它张口向上，吹散了碧空里的白云苍狗，吹出一派湛蓝明净的长天，显出那长天边上缥缈无痕的"天际"来。"天际"，它近在眼前，举目即见；但却远在天外，你一步一步向它走去，它会一步一步向后退走，永远不让你靠近，和谁都保持着若即若离的空间，遥远而且渺茫。

在这"天际"的圆周内，是横亘千古的北方原野。

原野，它空旷万里，无边无痕，无声无息。它没有前后远近，不分古往今来，只是浑然、莽然地展现在渺渺天穹之下，古老而且苍劲，凝重质朴，不知不识。

在这原野的画面上，黄河从天边落日下向我们走来，细流婉转,千回百折,终于流成了这一派泓波,汹涌澎湃,浊浪滔天。这"滔天"是永恒的,没有生、灭,没有消、长,不见时光流逝,显不出历史的踪迹,仿佛这世界上一切变化都已静止,又回到了盘古开天地以前的混沌时代。而黄河却又像从天上引下来的一丝细缕,不属于这个原野所有,却被造物主摆在了这个原野之上。古人云:黄河之水天上来。

秋风从原野上吹过,先是咆哮呼啸,继则声嘶力竭。然而它不甘罢休,日过中午,犹自气喘吁吁。傍晚,它似乎只剩下了一丝游息,像久病呻吟直到万籁俱寂。此时天地显得雍容大度,不见了往日的严酷与肃杀,空气中反而游荡着一股暖意,令人回味起旭日的和煦与温馨,要作出一场春梦来。

夜半梦觉,看窗外一派天光,以为是朝暾初上,又疑是残月照亮高空。赤足探向户外,触到的亮光处却是彻骨的寒冷。啊!这是雪,入冬的第一场大雪。

第一场大雪,它不等秋粮入库、不等萝卜结籽,就趸着轻盈的步子,飘飘洒洒地,落下来了,悄无声息。

雪落在古老的荒原上,盖住了这一脉山川,也捂住了从山川里透出来的寒气。江山一笼统,白雾弥漫的它上承天穹,天穹不见了碧蓝和粉白;它下垂大地,大地不见了阡陌与村庄。上下混同,远近相合,房顶上,树枝上,崖畔、坡头……连水塘也结了冰,冰面蒙上了一层厚厚的雪,皑皑堆垒,不堪负载。白雪下面,隐约匐伏着的远山默无一语,婉转低回的冰河不言一声。莫非人间一夜梦酣至今仍未醒转?突然,从天边雪外传来一声鸡啼,引起了远村近寨家家犬吠。这才大梦初觉,看清了门口街上扫雪的老者、房前屋后踏雪的少年,以及那窗棂上啄米的雀儿、墙角舔食的老狗。世界一下子显出了生气,大地苏醒了过来。

远远地,从村外白雪深处,露出一个黑点。须臾过后,那黑点越来越大,越来越显眼。它一步一步向前挪动,终于现出一个人形。那人身背长筒猎枪,手里拎着一只山鸡,两脚一拔一拔,从雪中走了过来。在他的身后,留下了一串深深的脚窝,也留下了一绺儿鲜红的血滴。再近了,只见他气喘吁吁,胸脯起伏,像一只破风箱。枪口仍像在冒烟,嘴里还吐出一团团热气。热气凝在胡子上、眉毛上、帽檐上,结成一串串冰珠,磕磕碰碰,窸窣作响。

天上的雪花一片一片飘着,它薄如蝉翼,轻如飞絮。落进水里,会立即化为乌有,但却在人们的不知不觉之中,悄悄扩大着水面结冰的面积;落在地上,也化为乌有,却能增加空中的湿气。只有飘在雪上才能不化,像羽毛似的一层一层重叠堆积起来。行人走在上面,咯吱吱压成脚印。所以,那拎山鸡的猎人从山后深雪中走出来,他的脚上穿的已不是鞋了,也不是靴,而是泥雪冻成的冰坨子。如果走在道上,脚底儿不平,那是要摔跤的。但现在不怕了,冰坨子插进雪窝里,深稳而妥帖,想动也动不了。

要能把脚拔出雪窝,那比从地里拔出个萝卜还要难。猎人只好一步一拔地向前挪动着。

家家的炊烟冲着雪雾上升,曲曲弯弯,总是不能竖直上达;雪雾要尽量压住炊烟不让它上升,但却总是不能将它完全压住。于是一部分炊烟弯弯曲曲冒了上去,一部分炊烟终于屈服不再上伸而是散布到了空中,所以人间到处充满了烟火味。

厨房上的雪开始融化了,因为下面在生火做饭,有一股热气冲向房顶;住室上的雪慢慢化了,因为下面住有人,人身上的暖气冒了上来。化成的雪水顺着房坡向低处流,一点一点沿着房檐朝下滴,但被冷风一吹,来不及落下的水滴却又冻成了冰,顺着房檐结成一串冰吊子,大大小小,像粗细不匀的棒槌。厨房里的热气大,房上的雪化得快,檐水滴得快,冰吊子就结得短;住房里的暖气小,房上的雪化得慢,水也滴得慢,冰吊子就结得长;如果是没有人住的空房子,全靠屋子里的地气来融化房上的积雪,那房上的雪就化得特慢,檐头的流水几乎成了流而不滴,檐下的冰吊子就会结得更长,有二三尺,像大棒子。主人怕它掉下来砸住人头,就会适时走出檐下,举起长杆,将冰吊子咔叽咔叽敲碎打掉。碎冰吊子落在雪上,噗、噗、噗发不出什么响声,如同风筝掉进了云彩里、大雾落入了江河中。

家家的大人走出门来了,穿着臃肿的袍子,裹着长长的围巾;户户的孩子跑出来了,戴着掩耳遮风的帽子,套着一层又一层的棉衣。小孩子总要猫在大人身后,专门瞅空拣那跌碎的冰吊子吃,不巧被大人发觉,少不了获得一计顺手巴掌,外加几个"暴栗",最后还要被从嘴里抠出未化尽的冰块——这上帝赐予北方儿童的免费糖果,扔到远远的雪里去。

小孩子哇的一声哭了,但这不是哭,而是喊、是嚎,是向大人的抗议。这抗议是无效的,他们只有靠自己的挣扎,才有可能抢回"上帝的糖果"。但是,只有极少数的儿童如愿以偿,能够冲破大人的阻拦,保住自己的胜利果实。而多数的小朋友只好认栽,大家赶忙跑开,一群一群堆雪去了。孩子们挽起袖筒,堆狮子,堆罗汉……先把雪粒黏成团,放在雪地里滚,让雪团再黏上雪粒。这样雪团越滚越大,滚成了很大的雪球。然后给雪球加上装饰,戴一顶破帽就成了雪人,披一块破布做袈裟就成了和尚;雪球滚长了又变为狗熊;狗熊装上长牙就是大象,虽然大象的鼻子太短,但只要有长牙就行。信之则有,不信则无,堆雪的孩子信它,看孩子堆雪的大人信它,所以它就是大象。

雪人愈堆愈多,愈堆愈奇。大人们看得津津有味,小孩子更是乐在其中,他们抟掣着的小手冻得通红,手指头就像熟透了的小红萝卜。大家一个个忙得满头大汗,那掩耳遮风的帽子早已被甩在一旁,一层层的棉衣也解了又解、脱了又脱。

街上的人越聚越多,连不会走道的娃儿也被抱出来了。女人给娃儿屁股下绑块光板子,就把娃儿放在雪上推着走。小孩子们赶过来帮忙,先是配合大人推娃儿前进,继则甩开大人推着娃儿飞跑。娃儿感到刺激,兴奋得哇哇直叫,急得身后的女人直骂:"龟儿子们哩,慢点儿呀!"

有人从家里搬出旧爬犁,套上一匹马驹儿,挂好铃铛,一挥鞭,扬长跑开,奔村外去了。小孩子成群追了过去,他们追不上爬犁,却可以趁机追出村外,躲开大人,打雪仗。

打雪仗,一种多么诱人的游戏。小朋友们从地上抓一把雪,抟成团子,向同伙掷去,或击中"敌人"头部,或打在对方身上。被攻击者奋起还击,来而不往非礼也。于是战端一开,其他的孩子也会跑来参战。大家以地域为界,划分成两大阵营,南街与北街对垒、东村与西村相抗。只见雪团纷飞,你追我赶,或正面突击,或迂回偷袭。如果能在战场上擒获敌酋(往往都是游戏中的大孩子),将雪团子塞进他的怀中,那将是最大的胜利。失败的一方也决不示弱,立即组织精干兵力还以颜色,抓住对方的主要干将,将雪团子塞进被俘者的前胸,还要在上面拍打揉搓,帮助雪团尽快地消化在敌人的怀里。这样你来我往,只杀得天昏地暗,挥戈不能返日,大人们来喊他们回家吃饭,"战士们"才依依不舍地走下战场。此时回到家里,人人感到身上透心的凉,因为在战斗中汗水浸透了布衫,现在汗落了,热气不冒,只剩下水汽冰凉了。

日过中午,积雪开始融化。那被雪压弯了的树枝重又挺直起来。雪下露出青草尖尖,绿上点白,像人工栽培的花圃,又是一盆景致。远山露出了块块赭褐,那是向阳面上的积雪融化显出来的山的本色。庄稼人走出门来,把路旁的冰雪铲进田里;生意人走出门来,把街面上的雪水扫向道旁。远处的行人踏着泥泞奔在路上,他们每前进一步,脚后跟带起的泥浆就会不偏不倚地甩在自己的裤腿后边。走不到半里地,裤腿上的泥点子就会糊成一片,像是在泥浆里蘸过一样。"干净雨水邋遢雪",这话不错。

红日挂在西边,少气无力地看着大地。冷风从塞外吹了过来,星星点点,卷下几片雪花。雪花如纸,不曾着地就在空中化了;雪花如锡箔,没有人土就又结成了冰。夜幕降临了,鸡鸭上笼、牛羊进圈,家家关门闭户,围着火炉闲坐。风声、人声已经逐渐平息,万籁俱寂。却从遥远的天外,传来那古老、迟缓、低沉、凝重的撞击声,轰隆、轰隆……像是有人在另一个世界里,不死不活地擂着一面陈旧的大鼓,使人听之不见,却又挥之不去,这是黄河的流冰一冲一撞地滚下来了。大人们说:"要封河了,天要大冻啊!"于是那些刚明事理的孩子,想起了从老爷爷那里听来的故事:

流冰的碴子都比刀子还要利。传说有一年,河上的冰还没有封严冻实,行人就急着从上面踏过。人到河中间,冰层断裂,走在最前面的探路者掉了下去。后面的人伸手要拉他上来,他摆摆手不让。大家一看,那人的身子已经被冰碴子截成两段,顺水流了下去。人们这才知道,落水者临死前的摆手,不是说自己不行了,而是叫大家别再去救他。因为冰层已经断裂,人们去救他会继续往下掉的。老爷爷又说:最灵性的动物是狐狸,它如果缘冰过河,会走走停停,听听冰下流水的声音。冰层要是承受不住上面的压力发出吱呀声,它会听出动静,掉头折回来的,所以你永远不会看到狐狸掉进冰下的河里。从此,聪明人就有了踏冰过河的绝招——跟着狐狸的脚印走,雪后进山的人也是如此。飞雪漫山时如果遭遇大风,风雪会把山谷填平,使人看不出深浅来。行人不知,万一跌了下去,那是掉进了雪窖,永远不能再爬上来了,大风雪天,也甭指望有人来救你。所以雪后进山的人也是这条经验:跟着狐狸的脚印走……

但是,聪明的猎人却能够跟踪寻迹,顺着脚印找到狐狸的巢穴。狐狸为了防止被人类猎杀,它便不再留下任何脚印给人类。它们从雪上、冰上、地上走过,总是拖着长长的尾巴,把所有的痕迹全扫掉。

所以人们说:狐狸是最狡猾的动物。

狐狸不留下任何痕迹给人类,人类也永远甭想顺着狐狸的脚印缘冰过河、踏雪进山。于是狐狸的子孙总能绵绵不绝,永存于世;人类也被迫发明了许多工具,有破冰船破冰过河,有铲雪车开路进山。

到了21世纪的今天,人类不仅有了全天候的飞机、风雨无阻的高速公路,还有飞船登月,探测器送往火星……还怕什么冰层断裂、雪谷陷人?今天,世界人口总数已经超过了八十个亿,他们都健康地活着,不用缘冰过河、踏雪进山,也就不会再去寻找狐狸的脚印。如果有一天狐狸的子孙濒临灭绝,人类还要将他们列为珍稀动物,加以保护,使其长存于世呢!

今后,一只狡猾的狐狸从冰雪上走过,它是留下还是不留下自己的脚印,一天一天,就没有考虑的必要了。

丹江边上

　　缓缓地,那湛蓝湛蓝的江水从我的眼前流过,它从远山的背后转了出来,向着天边的空漠姗姗而去,横陈在山野间,像天上的锦绸飘下了凡尘。

　　这山是秦岭的余脉,这水是汉江的支流。

　　红日西斜,炊烟上指,那江边垂钓牧鸭的渔夫村童,捣衣涮桶的红女白婆,三三两两,扛着纤细的长竿,挎着重硕的竹篮,时不时地离开这水边而去,在时间和空间里,留下这川流不息的一派大江。

　　远处传来手推车唧吱唧吱的响声。

　　晚风吹动,送来初夏的温馨和清新。暮鸭点点落平沙,它们昂首四顾,招呼着白云和蓝天。

　　太阳落山了。在落日的黄昏下,漂来一只小船。从我身后的小镇里,走出大大小小几拨人群。他们前前后后来到江边,迎接那船上走下来的归人。大家提包携袋,扶老牵女,拉拉扯扯步回小镇,剩下那只空荡荡的小舟,拍着江水又向下游漂去。

他们不知道我的存在,而我的眼睛里却只有他们。

一切又复归空旷,远远的山上有一棵树。

风停了,停了就停了呗!

夜霭初降,我还在坐着。

身后站着一个五岁的女孩,她凝神远望,小小年纪,像是在等待什么。

我想走近和她说话,但看她目无旁顾的神态,只好欲言又止。回过头来专心致志,去欣赏大自然的悠远和深邃,造物主的杰作。

那初昏的第一颗小星,已经在天际闪烁。小女孩还在观望,天要晚了,也不知道回家。是在和妈妈怄气?还是被大自然的景色所陶醉,流连忘返?

我向她微笑致意。

她看到我的笑,乍露惊愕,转身向镇上逃去。镇外一块石上,坐着一个端庄恬静的女人,听到她的脚步声,忙问:

"怎么了,妞子?没有看到爸爸?"

女孩扑到她怀里,喘着气,回头偷偷地看我。

"别害怕,你看到什么了?有人想和你说话吗?"女人一手搂着孩子,一手梳理着孩子的发辫,脸向远方,像哥本哈根海边的美人鱼。

我信步向她们走去。女孩有了妈妈,胆子大起来,顽皮地看着我微笑,仿佛对自己刚才的淘气,表示着歉意和自得。

"傻孩子,是大人想和你说话了。你该和人家说话呀,傻跑什么!"那女人抚弄着女孩的衫裙,脸孔仍然向着远方。

我已经走近了这个女人,但这个女人却没有看见我。从她们那里反馈过来的唯一信息,只有小女孩那含情脉脉的笑。

女人不理会这一切,她好像在关注着另一个世界。你看她貌若远山,心如秋水,置身江边却仿佛忘却了人世,若有所思又像是漫不经心。

这正是一个女人最美的时刻,像蒙娜丽莎,她恬淡、柔美、含蓄、坦白,谦逊里映出矜持,深沉里含着天真……你说她是什么?她什么也不是。你可以大胆将她猜测,但她永远不给你任何答案。你想一直归你想,她到最后还是她。

但是,她可以由着你去尽情欣赏,由着你去无限遐思。你就把她当作"你想"吧,当作你想的随便什么人,而再也不用去管"她"——

她,仍然是手抚娇女,脸向远方;心存世外,而又不忘身旁。

天际多了几颗远星,夜凉开始袭来。女人拍拍她的孩子:"妞子,咱们回家吧!天不早了。"

"不等爸爸了吗?"

"不,咋能不等呢。咱们回家上楼,点上窗口的灯,让你爸爸老远看见,知道咱们在等他。"

两人站起身来,女儿拉着母亲的手,走了。晚昏中,只见这女人探探索索,是跟着孩子的牵引在走路。我十分诧异,猛然憬悟:这个女人是个瞎子!

我不由自主地跟着她们走去。女孩一面拉着母亲走,一面扭头看着我。"有人?"女人似有觉察,随便问了一声。然后走进镇边一座小楼,我也在楼下不远处站住。

托拉、托拉,是母女两人的上楼声。接着从楼上窗口探出一颗稚气的小脑袋,深情地望一下我,却又害臊得将头缩了回去。

楼上的灯亮了,全镇的灯也陆续亮了,但小楼最靠近江边,所以这盏灯也就特别的亮,它像海边的灯塔,指引着黑夜中的航船。别人也许不知道,但我相信,她那匆匆归来的丈夫,一定能够在十里江外,从繁星闪烁的万家灯火中,分辨得出哪一盏灯是他的妻子为自己点亮的。

"妞子,洗脚。到沙滩上跑一趟回来,要洗洗脚。"

"不再去接爸爸,他能摸回家吗?"

"能,他心里想着咱们,咱们就心里答应着,他听到咱们在心里答应,就会一直向咱们走来,一扑抱住妞子……"

"也抱住妈妈。"

"不,不许胡说,妈妈是大人,不用抱。只抱住妞子……过来,把鞋子脱掉,不洗脚,不就成脏丫头了吗?"

"不不,不是脏丫头。"

"对,不是脏丫头,是香姑娘,是爸的心尖子,是妈的活宝贝。好,递擦脚布过来……好了,穿鞋子,吃饭去吧!"

"我不要吃饭,我要等爸爸。"

"啊,妞子真乖,知道惦记爸爸。好,锅里那条鱼,给爸爸留着;笼里的煎饼,咱先掰一块尝尝,对,先尝尝。妞子,你说呢?"

"妈先尝尝,给,我塞妈嘴里了。"

"嗯——好香。妈咬一大口了,妞子也咬一大口。好了,妞子吃吧。"

"可是爸爸还没回来。他在城里给我买布娃娃了吗?"

"对,准是买布娃娃。他挑了又挑、拣了又拣,一定要挑个最漂亮的,可就误了开船回家。"

妞子吃罢煎饼,发出喃喃的响声,那是偎在母亲怀里要睡了。妈妈唱着儿歌,送她进入梦乡。

许久,听不到一丝声响。小镇已经入睡,只剩下江水呜咽。它像是在咳咳笑着——不,有人说是呵呵在哭!

此时薄云方散,月光如水。远近迷茫一片,分不清是山岚还是暮霭。

油灯却发出永不熄止的光,召唤着远方的归人。

终于,我听到,那呜咽的江水,发出哗哗的击水声。一只小船从朦胧中漂来,近了,停了。从小船上跳下一个汉子。

汉子向着镇上走来,从我的身旁匆匆过去,留下一股机油味。他到那栋楼下站住。

楼窗里,早已探出女人的脑袋,向着楼下细声地问:
"回来了吗?是你吧!"
"是呀,钥匙撂下来吧!"
"嗒"的一声,是钥匙落地的声音。男人弯腰捡起钥匙,开门上楼去了。
"……脚步轻点,妞子刚睡着呢!"
"睡了?我给她买了小汽车哩!"
"你先吃饭,明天再给她。要不,你先洗澡去吧!"楼上闪出红光,女人在生火热饭。
"洗过澡了。今儿个回来天晚,江边没人,我们几个站在船边洗了个痛快。"
"江里洗个啥澡。江水性寒,又是夜里,身子骨要吃亏哩!哪比在家里,烧把柴就是热水,热水解乏。"女人说。
"不要紧,我身子骨壮,喝口酒就能一酒祛百寒……啊!今儿个有鱼!怎么还没动过,你们都没吃?不行,我得把妞子喊起来,让她先吃一块我看看……"
"忙啥,明个有她吃的!你慢点儿,轻点儿,别惊着她。妞子,醒醒……看你爸给你买小汽车来了呢!"
"醒醒,妞子,来,尝尝你妈做的鱼。张开嘴,只吃一块。好了,快咽了,女儿真乖。"男人的声音。
"好了,好了,让孩子睡吧。别光心疼你的宝贝女儿,你也该吃饭了。"女人说。

"好好,我吃我吃。你也坐过来吃吧!"

"我不用了,我和妞子吃过煎饼了。我给你倒杯热茶吧!"

"你还没有吃鱼哩!来,我给你挑去鱼刺,吃,这么大一条鱼,大家都要吃到,亏众不亏一嘛,呵呵……"

夜空里飘来一阵阵酒香,也传来男人吃菜添饭的响动。其间夹杂着女人的絮叨:她从早上男人离家叙起,说到妞子醒来要到河边去追爸爸;羊吃白菜是自己没有把羊拴牢;妞子掐朵野花插自己头上一直说妈妈漂亮,还不准妈妈把花摘掉,要等爸爸回来看看……说着说着,女人羞涩地笑了,男人憨直地笑了。

茶饭一罢,是女人洗碗涮盆的声音。窗口的灯被熄灭了,出现了一点火星,那是男人在抽一支烟吧!

"天不早了,你忙了一天,上床睡吧!"女人说。

"好的,咱们上床睡吧!"男人说。

"你轻点儿,别弄醒了妞子……"

…………

万籁俱寂,没有一点声音。小镇睡熟了,它在酝酿明天的故事。明月万里,晴空如洗,极目世外,天地相接处,是一抹淡淡的远山。

有人把天边的远山比作女人的眉毛,我把女人的眉毛比作天边的远山。渐渐地,淡了,没了。没有了小镇,没有了大江。只剩下天边的远山,女人的眉毛;女人的眉毛,天边的远山。

丹江的传说

丹江,也叫丹水,一名粉青江,源出于陕西商州西北的冢岭山,经过商南,来到淅川,和淅水汇合,直奔均县,流入汉江去了。

汉人桑钦在其所著《水经》中说:"丹水出京兆上洛县西北冢岭山,东南过其县南,又东南过商县南,又东南至于丹水县(慧按:明《一统志》说,'汉置丹水县,即今淅川'),入于均。"

丹江为什么叫作丹江,我到现在还没有搞清楚。传说丹江产一种鱼叫作丹鱼,赤光如火,其血涂人足上,可以行走水上,如履平地。这个故事见于《抱朴子·内篇·金丹》,作者是晋朝人葛洪:

> 天下诸水有名"丹"者,有南阳之丹水之属也。其中皆有丹鱼,当先夏至十日夜伺之,丹鱼必浮于水

侧,赤光上照,赫然如火也。网而取之,可得之。得之虽多,勿尽取也。割其血涂足下,则可步行水上,长居渊中矣!

这就是说,是江里出产了这种丹色的鱼,所以鱼名丹鱼。那么有了这种丹鱼,这条江就该叫作丹江了。

但这一段记载是靠不住的,因为《抱朴子》是专讲神仙吐纳符箓克治之类的迷信书。明代著名文人王世贞就针对丹鱼之说进行过驳斥,我们当然不能信它。而且,我在丹江边上生活了十七个年头,也从来没有见过什么丹鱼。

但是,一个神话故事的产生,总不能是没有来由的。多年以来,每当洪水暴发季节,见江上健儿出没于水波之中,救人捞物,如履平地。我真怀疑他们是涂了丹鱼的血在脚上的。也许,古人就是从这些江上健儿的身上,产生了一种丰富的想象,创造了这个美丽的神话来的吧!

关于丹江名称的由来还可以联系一件事,传说古代的帝王唐尧,曾经放自己的儿子丹朱到丹江来。是因为丹朱才称这条江为丹江吗?不,查一查比较古老的记载,《太平御览》卷六十三引《尚书·逸篇》说:"尧子不肖,舜使居丹渊为诸侯,故号丹朱。"可见丹朱的名丹来源于丹渊。《山海经·海内南经》郭璞注引《竹书纪年》也说:"后稷放帝朱于丹水。"这就进一步证明,是丹江的名字给了丹朱,不是丹朱的名字给了丹江。

丹朱为什么来到丹江?传说是他犯了错误。《尚书·益稷》说:"丹朱傲,惟慢游是好,傲虐是作,罔昼夜頟頟,罔水行舟,朋淫于家。"这就是说,丹朱傲世好胜,游手好闲,暴虐成性,肆无休止。没有水他偏要坐船,让人推着在旱地上走,结交一些狐群狗党乱于家门。因此要下放他,让他到丹江来。

这一种说法是不值得相信的。丹朱不肖其父,是个一般的人才。不能继父为帝王,舜才让他到丹江来做"诸侯"。他哪里会有那样的暴虐无道呢?张澍稡集补注本《世本》记载:"尧造围棋,丹朱善之。"《金楼子·兴王篇》也说:"尧教丹朱棋。以文桑为局,犀象为子。"——以文桑木做成棋盘,以犀角象牙做成棋子。尧对丹朱如此相亲相爱,父子情深,怎么能想象丹朱是一个"坏人"呢?

然而,在长期的封建社会中,人们形成了这样一种观念,好像帝王之子就一定要做帝王,不做帝王就是大逆不道。因此,丹朱下放就是他犯了错误。

尧在丹江,曾经和有苗(南蛮)人打过一仗。《汉学堂丛书》辑《六韬》说:"尧与有苗战于丹水之浦。"《吕氏春秋·恃君览》说:"尧战于丹水之浦以服南蛮。"这件事发生在丹朱来到丹江之前,尧战胜有苗,死后舜才即位,舜即位后才让丹朱到丹江来。所以尧战有苗与丹朱下放毫无关系。然而,人们一旦认为丹朱下放必是犯了错误,就把一切污水倒到了他的头上。虽然战争发生时丹朱一直在帝尧身边,但还是混说他参加了有苗的叛军。有人说他被父亲杀死(《庄子·盗跖》,"尧不慈""尧杀长子"),有人说他战败南逃,投海自杀。其实,他在尧死后还活着来到丹江,哪里有什么自杀、被杀的事儿?投海自杀的是尧臣驩兜,《山海经·海外南经》郭璞注说:"驩兜,尧臣。有罪,自投南海而死。帝怜之,使其子居南海而祀之。"试想,如果驩兜就是丹朱,就是叛变了父亲,就是背叛了民族,帝尧还能怜惜他,让他的儿子祭祀他吗?

真正的丹朱是尧的爱子,他只是因为才能一般才没有继承王位。这一方面说明尧的大公无私,另一方面也说明丹朱的不争权位。丹朱离开王都,到丹江来做诸侯,这是何等高尚的品德,然而却没有被人歌颂,反而被人讪笑了。丹朱死后,埋葬在老城石门。《淅川厅志》说:"丹朱墓,城西北七里。丹朱,帝尧子。见《一统志》。"也有说,他最后又回到了母亲的身边。所以,今天河北望都地方,尧妻散宜氏的墓旁,还有一个丹朱的墓。

1950年代末期,不少同志,由于种种原因,来到丹江,来到这下放过丹朱的地方。他们工作、学习、劳动,用自己的汗水,灌注着丹江的土地,又用丹江的流水,冲刷着自己的汗水。他们是犯了错误,甚或是犯了罪的吗?不,他们也许是无能的,不能做高官,但却是无罪的,可以做小民。他们是新时代的丹朱,是父亲的爱子。现在问题澄清了,误会消除了,他们或者仍然栖息在丹江的土地上,或者重又回到了母亲的身旁,总之,是在做一名普普通通的小民。同志,你不也是一名普普通通的小民吗?这又有什么不好呢!

(原载《中州统战》1997年第11期)

开封——文化城

一个没有到过外地的人,很难感受到开封文化的底蕴,因为没有比较。没有比较就不好鉴别。

当然,你从数字上也会知道,每年高考,开封录取名额之高,考中名牌大学人数之多,一向总居全省之最。中学生国际奥林匹克数学竞赛,金牌得主往往属于开封的,连北京、上海也不比开封得奖的人数多。

说到考试,就不由使人想起科举,中国一千多年的科举考试制度最后两届全国会试,理应在北京却改在开封举行,因为《辛丑条约》规定,北京等地,五年内不得举行考试。于是皇上下旨:"癸卯(1903年)科会试,权移河南贡院举行。"此后甲辰(1904年)恩科会试,仍然改在河南贡院。河南贡院,就在开封(今河南大学校院内)。

是开封,为中国一千年的封建科举制度画上了句号。

不仅如此。就在全国还在紧锣密鼓举行1903年、1904年两届会试之前,开封已经抢先甩开旧的科举制度,创立了河南高等学堂(后来的开封高中,地址在前营门街),事在1902年。开封,它在全国率先开始了现代化教育的征程。

河南的高等教育开创得早,1912年就建立了河南留学欧美预备学校(即今日的河南大学)。大学、中学建立得早,教育发展得快,以后法政、水利、女师、女中……如雨后春笋,破土而出,这其中一个基本原因,就是教育经费有保证。民国以后,军阀纷争,他们侵吞、挪用教育经费,无所不用其极。教师领不到工资,于是只好大闹"索薪",成了一种社会运动。河南却没有这种现象,1922年冯玉祥督豫,张凤台任河南省省长,教育界向省方交涉,将全省"契税"(买卖土地、房屋立契约所缴之税)划归教育界管理,以充全省教育经费,军政各界不准插手。从此,河南省的教师工资才能按时发放,学校建设也能一天天发展。冯玉祥又将军阀赵倜的财产没收充公,交给学校补充教育经费。这样,河南大学才能盖起那样雄伟壮观的大礼堂,这建筑,至今仍为全国高等院校的大礼堂之最。

从1922年8月15日开始,直到1941年,前后二十年,河南教育没有拖欠过经费,这是旧中国教育史上的一大奇迹。这奇迹的诞生地就在开封。

大学、中学建立得早、发展快,文化自然就发达。所以,20世纪二三十年代上海各书局自办发行,开封都设有它们的分销处。什么中华、商务、北新、春明、开明、广益、生活、新知……他们鳞次栉比,排成一条长龙,就是开封有名的南北书店街!书店街,全国这么多大城市,开封独有。

抗日战争,河南沦为战场。开封各级学校迁往豫西南山中,开高、开师、女高、女师、河南大学……他们远离家乡,备尝艰辛,在人地两生的他乡,把学校坚持办下来。城市丢失学校不散,文化教育的传统永存,这是开封人的骄傲,是河南教育的光荣。待到抗战胜利,各校回开封原址复课,他们的校史不因敌人侵略而中断,这也是抗战史上的奇迹。开封,您无愧是一个文化城!

自省会西迁,郑州因地理位置之利,不仅成了全省的交通中心、经济中心、政治中心,并因为带走、新建了几所大学,因而也成了全省的教育中心、文化中心……但是,省会搬走了,搬不走开封的文化底蕴。开封的诗社,开封的书法,开封的人文情结,您能搬得走吗?

改革开放,搞活经济。在某些地区,书店少了,服务部门多了起来。但开封的书店没有少,国营的新华书店照常营业,个体的书屋、书摊也应运而生,连马路边上也摆满了过期的杂志、破旧的书刊。但是,不要妄想能从这里廉价买走珍本秘籍,摊主们知道破旧书刊的价值,越破越值钱。他们是开封文化城的摊主,他们真懂!

开封人喜欢下象棋,街旁树下,随时拉开战场,往往是二人主战,众人起哄。观战者指车攻卒,尽作场外指导;主战者力排众议,出奇制胜。双方也要赌个输赢,战败者就把老"帅"翻脸朝下,再输则接着翻"士""象"……以示败绩,或者罚令给胜方点上支烟、叫声师傅……但没有脸上贴纸条、头上顶鞋的陋习,开封人文明。

贴对联,这是中华文明的一种独特的表现形式。每逢春节来临,各地就会有大红对联出售,商品都是书法名流们写成,科学印刷。顾客只用买上几副,回家往门上一贴就算完事。开封人却不这样,他们不满足于"贴",却注重于"写":自撰内容,亲自挥毫写出的对联,颜柳欧褚……异彩纷呈,那是一种美的享受。还有人临街摆张桌子,为人代写春联,笔走龙蛇,表演书法艺术。这也是一种文化,在开封分外时兴。

凡生意开张、婚礼寿诞……送喜联、庆匾、贺幛……上面的颂辞都好写;唯独丧事,要悼念死者,词面上还不能说到一个"死"字。于是"驾鹤西去""魂归道山"……一类的隐喻滚滚而来。其实,西方乃佛门之地,道山为虚纪之所,都是一去不复返的地方,"不复返"还不就是死吗?开封人不落此俗套,大家不说"仙逝""辞归"……而说"大梦初醒"。啊!古人说"人生如梦",开封人不说人生结束,却说"梦醒",一个"醒"字,表现出开封人的优雅、文明。

我从外地来到开封读书,一直觉得这里充满着文化的温馨。古老的城墙,古老的铁塔、相国寺、禹王台、包公湖、延庆观……还有那古老的街名,徐府坑、游梁祠、无量庵、旗纛街、无梁庙……每一座古迹都流传着一串故事;

每一个街名都意味着一系列传说。开封的街道古老,因之有点儿窄。街上的老字号多,挂着多年的老招牌,摆着发红的木质柜台。送客出门也是一句老话:"先生慢走!""您老走好!"而不是什么"拜拜""OK"之类的洋泾浜。开封的街上装裱店多,文具店多,古董行多;书协、画院、诗社、笔会多;教钢琴的多,教微机的多,给学生当家庭补习教师的多……总之一句话:文化多。

改革开放以来,文化为经济服务,历史名人、文化古迹都能出商业效益。于是大家开展了争名人、争古迹的无聊活动,厂家竞相追逐,学者营谋其间,争黄帝冢,争花木兰庙,争杜康村,争卧龙岗……老子旧居、董永故里,只差没有争王宝钏的寒窑、刘阿斗的尿炕了。但开封人不去争,不用去争,这里的古迹多得数不清,这里的历史是故事里面套着故事:一幅《清明上河图》就有上百个场景、上千个人物;一句"包龙图打坐在开封府"就能写出几十个剧本、几十部小说。那些真真假假的传说开封不稀罕,那些确确实实的古迹别人搬不走。近年来,连开封的城墙也被国务院确定为全国重点保护文物,谁还会去盖座新庙来冒充古迹?

开封,您每一块砖、每一片石都散发着古老历史的文化温馨,您不愧是一座辉煌三千年的历史文化名城!

我所认识的第一个人民县长

说"认识",并非有什么私交,而是我认识他,他不认得我。

解放那年,我才十岁。听说来了个"县长",是个"木匠"。肚里有点墨水的人都说:"共产党做事真够鲜了,让个木匠来当县长。"

一天,县长来到乡里,给群众讲话。我也跑去了,想看看"木匠"。那是一次什么样的讲话呀!他站在一只石磙上,下面十几个老头老婆在聊着天听。我看他,一身松松垮垮的灰布军装,加上一顶耷拉着帽檐的八角帽,一点也不威武。

他讲的什么,恐怕只有我一个人在听。其他的人,都是来看县长或者木匠的,没有人专来听他宣传。

他讲了,解放大军刚来到豫西,需要公粮;他,是来向群众借粮的,保证有借有还……那时候,政权不稳固,地方组织没有建立,他讲了半天,连接他话茬的人都没有。

他走向一个中年汉子,想请他张罗张罗借粮的事,那人一口推托而去,连头也不回。

他连一粒粮食也没有借到。日落西山了,只好招呼自己的通讯员——我们叫作"护兵"的,是个穿大人军装的孩子——回去。我真看不上他的"护兵",因为"木匠"讲话急得满头大汗,而他,只在旁边逗群众的鸡玩,本来嘛,还是个穿大人军装的孩子。我当时想,要是遇上土匪,"木匠"还得背着这个"护兵"跑呢!

夜里,我睡不着,想着这个"木匠",没有借到粮食,今晚咋吃饭呢?

洛阳解放后,局面稳定了,区、乡基层政权也陆续建立。这年春节,我傻开心,到处跑着去玩。

在原来的县政府门口,是几个老太太在和警卫人员说:"一辈子没进过县衙门,想进去看看。"警卫人员不好做主,这时县长出来,一听情况,立即乐呵呵地引导这些好奇的百姓进去参观。我于是也跟了进去。

县长一面走一面讲解:"这里是司法科,旧社会打官司的地方,富人有钱能使鬼推磨,穷人有理没钱别进来……这里是财粮科,过去苛捐杂税逼粮逼款都是在这里。羊毛出在羊身上,钱可是得叫咱大家拿……这是县老爷坐的大堂,现在我在坐着,你们看,配不配……"

参观完毕,我回到家里,想着今天的运气,不知是沾了县长的光,还是托了老太太的福。

小学开学了。那时的学校除了担负教学任务,还要搞社会活动。当时举办了星期日时事讲座,由干部、教师轮流向群众做宣传。有一次,轮到县长讲话,七点过后,校长怕他忘了,派我们两个小学生前去催请。半路上碰到他徒步走来,他就拉着我们的手来到会场上。

这一次,他讲的是"中州币",那是我们共产党政权发行的流通纸币。我至今还记得他的几句话:"中州币,行得远,东到淮河,西到汉中,南至长江,北连冀南……中州币,价值稳定,每二百元折合银元一块……"这次的讲话很成功,人们拍了不少巴掌。讲完后,县长走了,徒步而去,没有人给他倒茶,没有人留他吃饭,甚至连送他的人都没有。我们的校长,在忙着收拾会场桌子呢!

讲话不用稿,是当时的特色。开大会了,拉张桌子就讲,出口成章。记得一次镇反大会上,人一到齐,县长登台就是一句话:"今天我们在这里,要杀六个人!"真是开门见山,单刀直入。"……为什么要杀他们呢?因为他们犯了死罪!"然后历数罪犯恶迹,决定予以严惩。

中学以后,我所认识的第一个人民县长调走了,官做大了当了专员。他从家乡把自己的小脚老伴儿接来,那可真是他的"老"伴儿,比他还老。

那老婆子从乡下带来自己的纺纱工具——一架眼看就要散架的纺花车。从此,男人上班、开会,她在家纺线。下班以后,两人一前一后上街轧马路,引动得路人在背后指指点点:"看,那就是专员和他的'老爱'……"

有人转弯抹角提醒他:"老爱"实在太老,又是小脚……他笑着告诉别人:"谁说她脚小?打游击那年,我负了伤,她背着我跑了几里地。那阵子,要不是她比我大三四岁,还真背不动我哩!"

他终于没有嫌她老,继续陪着他的小脚老爱轧马路,但也不像现代青年挽手搂腰似的亲密,只不过一前一后,始终保持着四五步的距离。

1957年以后,听说他犯了"错误",有人说那是替右派翻案,有人说那是为农民叫苦。我已经离家上大学去了,诸事不得其祥。但我相信一条,他都是在替别人着想,不是为了自己。

"文革"结束,拨乱反正,他的问题得到了洗雪。现在他去世了,我闻讯怅然,相信的不仅仅是他,而是我所认识的第一个人民县长。

(原载《人民日报》1989年9月8日八版,有修改)

海阔天空　大气大度
——学习王善道老师

在学校里,最受人欢迎的,是那些学识渊博、循循善诱的教师;最惹人讨厌的,是那些不尊师教、别出心裁的学生。王善道老师就是那样受人欢迎的教师;而我,则是一个一贯惹人讨厌的学生。

20世纪50年代初期,我就学于偃师第一中学。那时一中还有个分校,我们是校本部。我在初中生活的两年里,不断见有一批批优秀教师由分校调来,如吴秀伦老师、朱秉璋老师、贺显波老师……当时我非常奇怪,为什么分校有那么多优秀教师?为什么这些优秀教师没有直接分配到我们校部却先分配到分校再由分校调来?

后来我才听说,分校有个教导主任,他非常"治事儿"——偃师土语,其实是能办事儿的意思——县里研究分配新教师时,他把好老师都先挑走了。

这话太夸张。当时的一中、二中都有优秀的教师,"好教师"并没有全被这位教导主任挑走。但个别拔尖教师被这位主任单单挑走也是有的。譬如吴秀伦老师,大学寒窗,已使他穷困潦倒,加以妻室之累,毕业分配到我县时,嗒然默然,青年英气早已消磨净尽。这位主任慧眼识英雄,他一再叮嘱去参加分配新教师会议的分校主任乔乐仁说:"见了吴先生,不管别人看法如何,你一定要把他请来!"在新教师分配会上,大学毕业来等分配的新教师个个雄姿英发,滔滔不断。而乔主任却遍找不见吴先生,因为吴先生已经呼呼入睡,梦周公去了。

吴老师被分配到一中分校去了。不到一年,就表现出了他的教学天才。但这并不说明偃师只有一位教导主任伯乐识骏马、一中校部领导都是有眼不识"金镶玉",他们(校长范人瑞、教导主任周子正)先后都遭逮捕,自身岌岌,哪还有心思为校部物色人才。

周子正主任被捕后由牛秀生、张渠两位老师主持校务,吴秀伦老师被调回了校部来,他教我们化学。那时我个子小,上课坐在前排,但少年顽皮,心不往学习上操。吴老师上实验课,寒碜碜地裹着一件单衫,夹着一个盛实验仪器的筐子。我则不去听他讲课,而专心数他拿来几件烧杯、几支试管,看他多拿了没有,少拿了没有。于是我发现,一年的化学课,吴老师从来没有多拿一支试管,也从来没有少带一个烧杯,用几件拿几件,准确无误,不多不少。

一位优秀教师的精明竟细致入微至此!

半生以来,我每次出门讲课、做报告,从不丢三忘四,没有少带过一纸一物,这一切,都是从吴秀伦老师身上学来,一生受用不尽。

后来,吴老师调往东北走了,我也由初中转入了高中。就在这时,那位"治事儿"的教导主任调到了高中来,担任我们的史地教师,他的名字就叫王善道。当时有个谜语,"始皇面前,苏秦张仪闭口不言",谜底:"王善道。"

王老师在分校是初中教导主任,调到高中则是一般教师。这是免职还是升级?我在当时已是闻名校外的"歪道儿"挺多的调皮学生,但以我的"歪道儿"之多,却也想不出这其中的"道道儿"!

此后的事情越来越多"道道儿"!凡是解放初期(郑州尚未解放,陕州还驻有蒋军)冒着国民党回来要杀头的危险,挺身而出办教育的学者在后来都被调出了教育领导岗位。王老师由初中主任升做高中教师,一中校长石恩波则由初中校长升做了洛阳高中教导主任。范人瑞、周予正的被捕不去说了,接替他们的牛秀生、张渠老师1951年底始任职,也没有逃脱被批斗。其实,他们的历史问题早已向组织作过交代(张渠老师在入团宣誓会上还向全体学生做过检讨)。你说以上领导都有历史问题所以难逃一劫吧,那么偃师教育界的第一个党员校长张正民为什么也被"右"了一"派"呢?总之,新中国成立以来,偃师教育事业成绩卓著,但教育界领导都不好,不知是个人不好,还是个人下场不好!

写到这里,有人会说,这些都是历史错案,早已得到纠正,你还耿耿于怀翻此旧账是什么意思?不,我并没有怀旧成癖,发思古之幽情,而是想说一说王老师在此不正常调动下的情绪表现。

王老师丢下他的领导职务走上我们讲堂来了,他胸怀坦荡,落落大方,讲课热情洋溢,使学生感到亲切可敬。王老师上课,善于烘托历史气氛,使人有身临其境之感;条理清楚,重点突出,语言流畅,态度端庄,一切优秀教师应具备的优点他都具备了,这当然是不少教师都能做到的。但王老师给我最深的印象是他的精神,兢兢业业,不亢不卑,既没有丢官的失意,也没有矫揉的清高。他是教师,一个不以物喜、不以己悲、置个人荣辱得失于海天之外、心中只有教育事业的学者、教师,他纯然,超然,精于事,忘乎我!

几十年过去了,沧桑世事,地老天荒,我从少年步入壮年,也由学生变成了教师。光阴落花流水,个人浪迹他乡,每执教鞭于三尺讲堂,总以王老师的高风亮节为个人学习风范。但三十年过去了,王老师终生献身教育的精神我不曾违背;他的不以官场得失为意的气量我已不需具备而具备(因为我从学生到教师五十多年从无一官半职,连一个小组长、寝室长、伙食委员,甚至治丧委员都没有当过,根本不会丢官,更无从产生丢官后的失意);但是,他的不以个人得失为意,心里只有教育事业的海阔天空的大气大度,我却一直没能学到手。有了道听途说的一知半解我就免不了沾沾自喜,几经苦练学无所成就会玩物丧志。骄躁之气难消,功利之念时萌。结果我永远只能是一个不称职的教师,不能成为王老师的合格学生。

我不是王老师的合格学生,现在不是过去更不是。中学的我,狂妄自大,好高骛远,不知天高几尺地厚几寸。老师讲课时的笔记不去背诵,却要到课外找一些"闲书"来消遣。有一次在课堂上,王老师提问我"斯大林格勒战役的意义",我丢开课堂笔记而大谈此次战役的过程,从希特勒兵败莫斯科城下,到库尔斯克会战的结局,然后是法西斯战略物资匮乏,望着高加索油田垂涎三尺……如此喋喋不休、言不及义,全因为我正在读几部苏联小说《无脚飞将军》《日日夜夜》,于是就有了这些鸡零狗碎,似是而非。回答完毕,自己也十分惶恐,生怕这样的夸夸其谈会受到同学的嘲笑和王老师的指责。但出人意料的是,王老师微笑着,首先肯定了我的独立思考精神,然后又称赞了这样的学习方法,并当场划了分数。我受宠若惊,但百思不得其解,不知这样胡拼乱凑的回答何以能得到高分,而且是一个三位数字!

行文至此,人们要笑我,二十年学习生涯,得了一个满分就记忆三十年,不是太可怜了吗?是的,我的确太可怜,不怕大家笑话,上了二十年学,大小考试上千次,只得过三个100分。一次是张渠老师提问美国民主制的虚伪性,我用艾森豪威尔如何竞选总统、资本家如何操纵选举作回答;又一次是田海晏老师考数学,全班三十多名学生得满分,我为其中之一,但他单单表扬了我;再一次就是王老师的这一回了。

六年后我忝充西席,亲自执教,方才体会出了王老师给我满分的用意。他不在乎学生的回答是否正确、全面、完整,而要鼓励我们的独立思考与首创精神。以后我不再要求学生背诵教师的标准答案,而由着他们到知识的原野上去任意驰骋,信马由缰,要他们敢说、会想。要知道任何一个敢于信口开河的学生都会胜过一个墨守成规者,而任何人的乘直升机凌驾青云也比不上一个失败者的一步一跌地攀登!

话虽如此,但由于我年轻气盛,眼高手低,对待自己的学生也有要求过于苛严而伤挫其积极性的时候。这显然违背了王老师教育我的爱护学生的信条,辜负了老师对自己的苦心教导。

中国是个教育事业悠远久长的国家。自孔夫子创办私学,我国就建立了这种亲如父子的师生关系。"有事弟子服其劳。有酒食,先生馔。"(《论语·为政》)马融的解释说:"先生,谓父兄。"师生如父子,于是我们家家户户的小民,都供上了天地君亲师的祭祀——对师来说往往是长生的——牌位。

然而不幸,这样的比喻实在是错误的。因为父亲对孩子会有所偏爱,结果教师对学生也往往怀有私心。学习"好"又听话的孩子会得到教师的青睐,而那些顽皮不听话的孩子则不能得到应有的关心。这种现象由来已久,"愿得天下英才而教之",这也是古人的一句名言。但是,"名言"的反面不是在说:"决将地上劣才抛弃之吗?"

我总在想,这样的教师要他何用?英才用不着你教,既已"英"之,何必锦上添花?劣才人人都能弃之,上帝要你来到世上干什么?

他会说:"教育不是万能。"这不知是哪位天才的"远见卓识",反正不是孔夫子,他只说过"诲人不倦",也不是韩文公,他只说过"传道、授业、解惑",没有挑剔过英才、劣才。

王老师不是这样的"无能论"者。他不偏爱什么英才,对学生也从不以顽劣见弃。即令是教育已对你不是万能,他仍然苦口婆心,鼓励你向上前进,敢于冒包庇坏学生之嫌,更不避勾结反动学生之祸(笔者注:在我们的教育史上,1950年代初就有坏学生之名,之后改为落后学生,1956年一度降级为后进学生,至1957年又升格为反动学生。名虽不同,实则一也)。那是在1954年的金秋之后,王老师患肺病休养在家,在旷野散步中予我以启发诱导,表现出教师对学生的负责与关心。

玉不琢,不成器。王老师是琢石成玉的能手,他教育出来的英才弟子何止三千!这些英才都先后奔赴为人民服务的岗位去了,而我这个"劣才"也被分配了一份教育他人的工作,虽然我还没有学会王老师吃苦耐劳琢石成玉的精神,但也懂得谨遵师训热爱教育这一工作。对学生中的英才我不敢趋之若鹜,更不敢对那些不讨人喜欢的学生冷眼嘲讽,虽然历经各种运动落下了包庇"坏学生"之名,但运动过后谁也没有找出这些"坏学生"办了哪些坏事! 尊敬的王老师,您在1950年代接近我、教育我(亦即包庇我、勾结我),我到如今办过哪些坏事呢! 如果说我学习我的老师还没有学好,那也不是您的过错,您的优秀品质太高尚了,我将终生向您学习,但永远也学不完、学不好!

1957年暑假,山雨欲来风满楼。我终于告别故乡负笈东来,进入了这所以阶级斗争为纲的"大学"。临行匆匆,不及拜辞我尊敬、信赖的师长。到校后给王老师写过一封信,倾诉了我对旧事的牢骚与愤懑。王老师见信后不置一词,只是感叹一声"这个慧生呀……"语言上表示出无可奈何;感情上流露出忧虑和哀伤。

此后便是那大风大浪的日子。风声鹤唳,音信不通。年底,我东不成西不就地回到故乡,迎接我的就是王老师难逃一劫的确切消息。我气馁无心交游,闭门家中坐,日长如小年;出户望南山,偃高就在故居脚下。然而校舍依旧,人事已非。眼前迷茫一片,只觉白云悠悠,洛水潺潺。这是为什么? 问苍天,苍天老气横秋,不屑一语;问大地,大地浑然一体,王顾左右。只有那原始无知的嵩岳和邙岭,它俩冷眼相对着这炎凉世态,欣赏着一幕一幕的人间喜剧。

四年以后,我终于大学毕业,服从分配到豫西南的崇山峻岭之中。这时的王老师也回到他的家乡去改造。师生南辕北辙,各自不通消息。于是我独自行吟江边泽畔,写下了这首《朝中措·秋思》：

> 绿柳红花甚易了，
> 一叶知秋近；
> 问讯北来鸿雁，
> 可有故乡音信？
>
> 十年教育，
> 地老天荒，
> 壮志未慰；
> 低眉仔细旧事，
> 光阴薄如流水。

尔后则时断时续传来消息，王老师安心种田，甘做老圃胜似老圃。他培育出的薯苗得到了老农的称赞，于是又获得了"善于迷惑贫下中农"的美名。1963年偃师升学率日渐低下，他又回到学校，旋因"千万不能忘记阶级斗争"而再一次回到家中。

孔夫子曾经说过颜回："用之则行，舍之则藏，唯我与尔有是夫！"但是他说到却没有做到。在鲁国丢官以后到处周游列国，是"用行"还是"舍藏"？但我们的王老师则彻底地做到了。叫教书就教书，叫种田就种田，没有丢不下的架子，没有干不好的工作。孔夫子不如老圃，王老师胜似老圃；孔夫子不愿"徒行"，而王老师奔走田园终日徒行。敬爱的王老师,您的心容得下山川四海,您的行可以标榜千古。您是我永远读不尽的教科书,纵然我几十年追随,唯先生马首是瞻,也只能远步您的后尘而不能望其项背。

尊敬的王老师,您永远是我学不完的老师,我永远是您学不好的学生。

今年,王老师七十五岁了,学生们为您举行从教五十周年纪念活动。我因故未能出席,铸成了终生遗憾,好在大会开得热烈庄重,突出了尊师重教这一主题,影响之大势将成为千年盛事。会后金秋送爽,王老师莅临开封,一见面就赐我家乡的苹果,使我再一次吮吸到老师教育的乳汁。我送给老师一对健身球,妻子嫌我不该送给老师两块石头。但我说,我生性劣如顽石,送到老师手上,是表示:我像贾宝玉把灵魂系到这块石上,让老师像如来佛控制孙悟空(他也是一块石头)一样,永远把我操纵在手中。

王老师,我永远在您手上!

您永远在我心中!

孜孜不倦　卓然风范

——悼郭人民先生

中国历史文献学会理事、河南省古籍整理领导小组副组长、《河南古籍整理》杂志副主编、中国民主同盟河南大学总支委员、河南大学古籍整理研究所副所长、河南大学历史系历史文选教研室主任兼中国古代史教研室主任郭人民教授，不幸于1968年元月1日凌晨6时突然逝世，不及抢救，享年六十二岁。

郭先生原名安贞，河南省柘城人，1924年6月6日（农历五月端午）生于该县慈圣乡张桥村。他幼读私塾，及长，先后就读于伯岗小学、商丘中学、亳县涡北中学，1946年9月考入河南大学历史系。1949年7月解放，先生回到开封，见人民政府领导下一派人民新气象，于是易名"人民"，参加革命，编入河南大学十四队学习。郭先生思想活跃，勇于进取，1950年3月光荣加入新民主主义青年团。此后三十六年，先生每忆及此，眷恋之情、赤子之心,辄溢于言表。该年12月,先生作为解放后的河南大学第一届毕业生,留校历史系任教至今,其间一度担任中国古代史教研室秘书,几曾中断教学业务,但终身从事先秦文献事业之心不变,研究工作亦未尝一日中止,含辛茹苦数十年直至生命的最后一息。

先生一生,著作甚勤。解放之年,学术界蒙昧初开,先生执笔撰文,在《新史学通讯》上发表大批文章,宣传马列主义理论,普及史学知识,筚路蓝缕之功,有口皆碑。他的所著《中国古代及中世纪史讲义》(上册),曾两次铅印成书,终因岁月蹉跎,竟未能正式出版;此后则潜心于《战国策》的研究,并埋头从事《中国农民战争史讲义》《中国古代史学习指导书》的编写,成书作为本系教材,先生恬然自以为安。党的十一届三中全会以后,学术界大蛰方惊,先生脱颖而出,有论述《诗经》言情诗、秦汉制度渊源、名田制度等文章连续问世,所作独具只眼,为文掷地有声,虽不敢言振聋发聩,确也使学术界耳目一新。先生治学,素尚严谨,大作《战国策校注系年》,罗积前人校点成果,汲取乾嘉考据之长,核定年代,必言之有据;考察地理,多玉趾亲历。道路风尘,手胼足胝,其间风霜艰辛,先生惨淡经营,始终甘之如饴。

先生学识渊博,执教经年,主讲《中国通史》《历史文选》《中国农民战争史》《中国历史文献学》《先秦学术选讲》《左传通读》等多种课程,名高学界,声响社会,春风遍及各地,化雨泽被省外。先生教学,注重基础,忌浮华,务根本,严戒曲意迎合,不为苟且附会。先生对工作,严于负责,前岁不避沙漠酷暑,以多病之身,带领学生远赴敦煌考察,又于隆冬严寒亲临全省各地开展函授教学。去秋作学术报告于广西,冬来授课于南阳。1985年12月7日外出归来,郭先生身体已感不适,9日主持研究生答辩,呼吸渐为困难。然坚持工作,照常出勤。26日晚为研究生讲授《易经》,30日晚为夜大授课于7～10时,31日晨布置下年工作、制订科研规划至正午,午后赶修书信,次日即溘然长逝,鞠躬尽瘁,死而后已,生也忙忙,去矣匆匆。

先生为人方正,胸怀荦荦,全不以名利为念。其平生所任,多为副职,集体著述,不计个人名次;年年为研究生开课,从不贪挂名指导教师。先生以"不树旗"自尊自爱,学生以求实之心奔走门下。先生之家,求教者比肩继踵,纷至沓来,几至座无虚日、座无虚席。桃李无言,下自成蹊。去岁三名青年教师考取博士研究生,外人知我有河南大学,河南大学知我有先生。先生以诚待人,嫉恶如仇,平生仗义执言,敢作敢为,同志视为诤友,小人以此反目,然光明磊落,日久人心自见。先生数十年风雨浮沉,全不以宵小恩怨为意,协助领导,形成团结中坚,众望所归,唯先生马首是瞻;平生以学校为家,以史学为业,有生之年,心不可一日无历史系,历史系亦不可一日无先生。

辞世之日,栋梁摧折,噩耗传来,全校震惊,师生痛哭失声,追悼会礼堂人满,水泄不通。先生培养青年,殚精竭虑,门墙桃李,浴风有人。个人身后萧条,所遗文稿数册,当陆续整理问世,以慰先生于地下,且激励后人。

悼人民师

八六初启,惊闻噩语,郭人民师,骤然离去。豪言在耳,绕梁不息,慈容在目,三思犹疑。念您一生,道路崎岖,艰辛清贫,粝食裰衣。不懈韬奋,艰得暂憩,文章道德,若星熠熠。慨您一生,急公好义,殚心教业,食寝俱废。滋润桃李,恨石不玉,蚕老烛灰,众口碑誉。赞您一生,坦荡无翳,为国为民,不营私利。嫉恶如仇,威武不屈,钟洪大鼓,浩然正气。倾一大柱,惜哉吾系,失一良师,痛哉吾侪。

学生 刘坤太　刘韵叶　张　诚　杨天宇　杨麦龙
　　　郑永福　郑慧生　高海林　郭绍林　程有为
　　　阎照祥(执笔)
　　　含悲具文长寄哀思

周雁与《寻根》

在20世纪的90年代,河南的一群文人学士,有出版社的领导、新闻界的精英、文物考古专业的才子、历史文化方面的高手……大家聚集一堂,商议办一个刊物——《寻根》,她将立足中原,面向全国,团结海内外华人,在中华民族这一神圣旗帜下,宣传中华文化,继承民族传统,以增强我们民族的凝聚力,发扬我们民族不屈不挠的奋斗精神。《寻根》要寻传统文化之根,寻我们中华民族之根,以便把全世界的华人,不分地域、不分信仰,统统连在这个"根"上。

大家对杂志宗旨的议论轰轰烈烈,刊物由谁承办不成问题,大象出版社一向热心民族文化,而且实力雄厚,她是我们文化园地里负重劳作的大象,出版单位当然非她莫属。但编辑、组稿呢?文人学士都有其具体工作,没有谁能抽出身来负责《寻根》的具体编务。

历史的重担落到了周雁身上。

周雁,1963年出生,年方而立,身上刚刚显现出成年人的成熟与稳重,却不失青年人的爽直与天真。在文人学士的眼里,她还是个稚气未退的小女孩儿,把这样的担子放在肩上,她能挑得起来吗?

能!周雁用事实作出回答。1994年炎夏刚过,进入金秋季节,在一阵紧锣密鼓声中,《寻根》迈着她坚定的步子走了出来。像京剧人物的登场亮相,让中国文化界一下惊呆了,呆的不是她的崭新和靓丽,不是她传播文史知识,不是她研究文化理论,而是她坚定执着的探求精神。"梦里寻他千百度",中华文化源远流长,她要寻到这亘古文化之根,寻到中华民族的血肉之根。

《寻根》问世后,引起了文化界的关注。我开始给她投稿,和编者发生联系。在电话通信中,我听出对方是个女性,说话要言不烦,自称河南大学历史系毕业,说是我的学生。

学生多的去了,我想不起来她是谁、长得什么模样?"文革"以来,教师深受学生检举揭发之苦,以致后来我上课,只管讲书,不去认人。十年怕井绳嘛,对周雁也不例外。所以今日她认我这个老师,我却不知道她曾经做过我的学生。

从电话交往中我逐渐觉得,她是个认真、细致的编者,悟性极高,深奥的哲理,一点就透。

我最早给她们写的一篇文章,是关于鞋子名称变化的故事。周雁看稿后提出,《寻根》的特点是"图文并茂",

希望我给文章配一些插图,或照片或绘画都行。我回话说,古人画人物,注重脸型,注重画帽子、衣服,没有工笔细画鞋子的。因此,有关鞋子的古画很难找到,找到的也只是画了一些轮廓,不能作文章插图用。所以这篇文章只能有文无图,不能图文并茂。周雁觉得有理,采纳我的意见,把文章登载了出来。从此我觉得,她是个认真、细致但并不拘泥成规的编者。

接着我又给她一篇稿子,是关于古代斗为勺子的考证。遵照编辑部图文并茂的原则,文中搞了一些插图,有北斗星的星座,有甲骨文、金文、篆文的"斗"字字型,还有古代量斗、斗币的照片,琳琅满目,洋洋大观。这一次周雁没有再说什么,采用了我的文章。

第三次就遇到了麻烦。我写了一篇关于杜甫家族墓地的文章。从旧印刷品里,拣出一组杜氏先人墓碑的照片,聊以塞"图文并茂"之责。我习惯文责自负,不重视插图质量。周雁却认真把关,坚持说照片陈旧模糊,要求换新的底版。我怕换底版费事,想用旧版凑合,周雁则明察秋毫,不允许蒙混过关。双方相持不下,最后由偃师政协刘志清兄拍出新的彩照,这问题才得以解决。

文章印出来了,打开一看,只见大小插图,错落有致;色彩相间,美观大方。我这才体会到周雁认真要求的良苦用心。是呀,办杂志要注重质量,但同时也应该创造出美丽的版面形象,给读者以全方位的享受。

因此,我前面说她认真、细致,但并不拘泥成规,现在就要添上四个字"一丝不苟",她是个认真细致、一丝不苟,但并不拘泥成规的编者。

1999年,是甲骨文发现的100周年。暮春三月,在江南草长莺飞的日子,我到南京参加一个国际学术研讨会,会上见到了周雁。过去我们只是通过电话,仅闻其声,今天方才得见其人。她给我的印象很一般化,是一个普普通通的女孩儿,长发披肩,却不显女性的妩媚,让人觉得她那长发是为了懒于梳理,才随便地拢在了脑后。衣着也极为平常,是女孩儿常穿的上衣、长裤,整齐而不呆板,大方却不华贵。肩上挂着一个硕大的挎包,仿佛要把会议的所有文件都装进去。她见人总是甜甜地笑着,诚恳、热情,没有做作。

参加座谈的都是中外知名学者,会上,周雁没有登台发言。别人讲话,她总是详细地记,认真地听,生怕漏掉了一个字、一句话。会下,她则十分活跃,风风火火,穿梭于众人之间,找大家聊天、喝茶、跑古迹、看展览……与会的代表都比她年长,见她无忧无虑,日子过得畅快,都以为她还是个孩子,一日三餐下肚,只知道长肉,不知道长心。

周雁爱玩。

但是错了,等大会结束,与会者打点行李纷纷准备回家,周雁和大家一一告别,叮咛某专家写出什么稿子,嘱咐某学者今后如何联系,人们这才知道:几天来,会上、会下,周雁一刻也没闲着,她分头拜访,结交新旧相识;联系作者,组织稿件;了解学术动态,安排《寻根》业务,把会议中的每一个人,都联系到《寻根》的"根"上。她邀请大家聊天、喝茶、跑古迹、看展览……是通过聊天、喝茶、跑古迹、看展览……来寻根。人们不得不佩服,周雁会玩,玩出了《寻根》的使命,玩得自己开心大家也开心!

此后的《寻根》就越办越红火。2000年第5期发表《中国人痘接种医术的西传》,使大家知道,种痘防治天花的医术是中国人的发明传到了西方,不是西方的医术拯救了中国人。2001年第2期发表《"虎食人卣"是"人虎交欢"的误读》,纠正了我们对一件传世青铜器造型意义的认识。2002年第1期发表《茶叶西传录》告诉我们,中国人以茶为饮料已有千年以上的历史,而西方人开始饮茶才是近二三百年的事。2003年第1期发表《从磬钱、猪首人身玉雕谈起》,重申了龙之祖源为猪的学说,解决了古代图腾崇拜中的龙究竟是何族属的问题……这些文章观点新颖,论据确凿,发人深思,帮我们寻到了中华文化之根、中华民族之根……《寻根》在文化界创出了品牌,站稳了脚跟。

这一切成绩固然是全体工作人员的功劳,但周雁努力居中策划、坐镇指挥,却是不可或缺的。

不料2004年以后,却一直得不到周雁的消息。有人说她工作调动,有人说她身体欠安。我不能相信一个健康的周雁会染有疾病,更不愿相信一个年轻的周雁会辗转病榻。总觉得她仍然在忙着开会、采访、组稿、联系,背着那硕大的挎包,风风火火,穿梭于众人之间,聊天、喝茶、跑古迹、看展览……不料晴天霹雳传来消息,周雁走了,她挥一挥衣袖,告别西天的云彩……

一笑人间万事。她却还是个孩子,长发拢在肩后,见人总是甜甜地笑着……

一年了,周雁魂游方外。她最后会驻足何处?是旷野,是丛莽,是白云深处,是蓝天外边?不,都不是,她将自己的一丝游魂,永远地系在中华文化的根上——她用毕生的精力,终于寻到了的这个"根"上。

(原载《忆周雁》)

河南的名流文化

何谓名流文化？名流文化是一种特殊的社会现象。一个人发了财,成了富翁,他出了名,成了名人,但他不是名流,因为他的发迹史还不值得众人效法、纪念,还没有产生流风余韵,能够影响人生、改变社会风气。名流文化是一种社会风尚,是一种文化趋向,它能够改变社会风气,改造人类习俗,也能够建立思想学派,干预国家政治。

河南地处中原,为八方瞩目之地,一举一动,都会影响全国。所以河南自古以来就是名家荟萃、风流辈出。这在先秦,鹿邑人李耳就以《道德经》名世,他以朴素的辩证法震动了世界,至今"祸兮福之所倚,福兮祸之所伏"仍然是人们口中的至理名言。孔子创立了儒家学派,而鲁山人墨翟则以"兼爱"学说与之抗衡。从此儒墨相争三千年,而墨家至今仍是哲学研究中的一个重要流派。

人说商人唯利是图,然而春秋时代的郑国商人弦高,却率先举起了爱国主义的大旗,他拿出自己的私财去犒劳秦国,给侵略者造成了这样的假象,你们的偷袭我们早有准备,看这不迎接你们的"礼物"早给预备齐了,吓得秦国人知难而退,从而保全了自己的祖国。商人弦高给后世的商人树立了榜样,不能见利忘义,而要以财报国。

陶朱公范蠡,内乡(一说淅川)人,他辅佐越王勾践,灭吴复国后即弃官经商,十九年中三致千金。然后又散给穷人,自己又重新积累,再作开始。人们称赞他的义举为"陶朱事业",商人敬重他,把他尊为商神。

战国时代的没落知识分子苏秦,本是一个流落街头的穷酸文人,但他奋发图强,"头悬梁锥刺股",终于创立了"合纵"学说,由平民百姓直取六国卿相。此后人们以"洛阳才子"称呼一代又一代的洛阳读书人,纵横学家也成了百家学说中的重要一派。

中国的天文学从一开始就陷入了星占的误区,是南阳人张衡把它引入到学术研究的健康轨道。张氏亲自设计的漏水转浑天仪,把天体运动的规律用实物仪器再现于我们面前。他亲自领导、建立的灵台,是我国第一个研究天文、气象的国家机构。从张衡开始,我国的历任太史令都注重浑仪、浑象的研究与改进,直至清代,南怀仁所造的天体仪,至今仍保存在北京古观象台中。

张机,字仲景,后汉南阳人,曾任长沙太守。但他做了官却不想着发财,一心想着医学,意在治病救人。他所著的《伤寒论》,至今仍为医学界的必读书,他本人则被尊为医中亚圣,成了医学界的榜样。

东晋时期的竹林七贤,是特殊时期的一支特殊的文人队伍,七贤中有五贤(嵇康、阮籍、山涛、向秀、阮咸)为河南人。他们尊重个性,蔑视虚伪的礼法,在历史上留下了深刻的影响。如阮籍丧母,他痴呆呆的不哭亦无泪,但当其母下葬作最后的诀别时,他却一恸而绝,吐血数升,废顿良久。他对母亲是动了真感情,所以才不屑于与应酬表演面上的虚礼。

李耳、墨翟、弦高、范蠡以至苏秦、张衡、张机(仲景)……他们的雄伟业绩,不仅使自己出了名,而且影响了国家,影响了我们的民族。大家纷纷向他们学习,形成了一种社会风尚。就以竹林七贤来说,他们的蔑视礼法,燃烧成了一支思想解放的火炬,这火炬一直照耀到"五四"新文化运动,人们不是一直在提出要打倒孔家店吗?

今天,我们宣传名人文化、弘扬名人文化,就是要把历史上优秀的名人发掘出来,使他们和我们的思想解放相结合,以创造出更加灿烂、更加辉煌的民族文化来。

黄河三姿

一

我的家在邙山脚下,翻过邙山,便是黄河。

黄河,它是我们中华民族的摇篮。小学时代听到这句话,总是感到自豪。是呀,我是伟大中华民族的子孙,又生长在黄河边上。

中学时代,每年春季,要到黄河旅行。我们登上首阳山,俯首北望,白皑皑一片梨花林——这是孟津,驰名全国的甜梨故乡。那隐藏在首阳山下的扣马镇,相传是伯夷叔齐扣马而谏的地方,此时已如历史的残灰,飘落在梨花深处,不为人们所见了。这是因为我辈都是风华少年,向往的是现实的黄河,不会发怀古之幽情的。

黄河,它由黄土高原而下,冲过高山峡谷,来到这中原大地。它似乎已经精疲力尽了,瘫倒在荒漠与绿洲之间。远远望去,就像天际飘来一缕轻云,宛然从西边天上抹来,从容向东边大地描去。它安详、恬静、温文尔雅、无声无息,有时流过梨林下,会带走一片片绿叶白花;有时掠过河滩旁,会泛起一枝枝青草红英。一霎时黄澄澄的河面,几经点缀,竟变得像一幅提花黄绸,展现于蓝天白云之下,朝朝暮暮,与旭日晚霞相处。

春天里,黄河上的一切都是柔的,柔到醉人,柔到没有。风,醉倒在水面上;树,醉倒在春风中。坐河边,看河水,水的波纹在河床间飘摆,令人心飞神驰。神驰之后你会觉得,那河面饱满洋溢,仿佛不是低于河床,而是凸出在地面之上。又觉得天旋地转,大地要抽身而去,河身在超然升腾,而且愈升愈高,像彩虹离地,像银河经天。浪花在水面抖动,河水不再东流;河岸却向西飞去,村庄、树林、樯桅、雁阵……还有自己,都在冉冉飘行,要离开河水而去。猛然憬悟,这是以河水为定点所造成的视觉差异。于是先看定脚下,再望及河水,才知道大地依然永在,还是黄河东去,一往千里。

啊!黄河,我们慈祥的父亲。

二

开封,是历史的名城。京汉铁路通车之前,它是我国南北交通的咽喉。开封城北的柳园,则是当时北方内河上的最大渡口。

我从乡下跑到城里,在一个秋水时至百川灌河的日子,来到了柳园口。登上千里长堤,重睹黄河,我不禁被这波澜壮阔的惊涛骇浪惊呆了。

黄河,它铺天盖地,横无涯际,似乎龙王倾来天下水,淹没了北半个中国。只见水天相接,浊浪直薄白云。从东到北到西,找不到一角陆地,仿佛置身于地球的边缘,大有悬崖必须勒马之势。

然而,这不是地边、不是海角,这里是柳园渡,我们要从这里渡向彼岸。彼岸在哪里?那水边天外的边缘上,有一条若隐若现的地平线,啊!那是彼岸。

但接着就证明这是错觉,因为那条所谓的地平线是波动前进着的,像飓风过境林木尽偃,像千军万马衔枚疾走。

啊,那不是彼岸,那是河心堆起的浪尖。

十时,我们登舟北渡。乘坐的大木船,载重六百人。

船一起锚,就如野马脱缰,狂飙离地;就如落叶逐秋风,顺水飘零而去。船工在舷边一字排开,一篙深一篙浅地点着。水流湍急,篙尖未及点地,船已飞出数十米外,于是篙落船后,又被船工抢起。所以这里的篙不是撑,而是点,而且抢篙要猛,点篙要快。只有那一瞬间的点篙之力,才能使追波赶浪的飞船逐分逐寸地北移。就这样,水冲着船向下滑,人点着篙向北渡。一篙一篙,挤过河心的波尖浪顶;一分一分,向着北岸拢去。这时已是下午四点钟,而船身离开柳园口,下滑已经六十多里了。

炊烟袅袅,我们登上北岸。回首黄河,水阔天空,一片荡荡世界。

啊!黄河,我们豪放的父亲。

三

从三门峡市坐便道火车,二十分钟,便到三门峡。

三门峡,它位于崤山北麓,与中条山隔河相望。中间一条涓涓细流,像大禹治水遗落在山间的一条带子。啊,那就是黄河。

但是,不要小看了这涓涓细流,它在高山峡谷之间左冲右突,千回百转,穿透了多少岩石,磨碎了多少沙砾,终于咆哮着、奔腾着,闯出人门、神门、鬼门三关,跨过中流砥柱,向着东海而去。

坐峡上,看河水,远听忽忽如风,近听轰轰如雷。只见满峡沸腾,一河浪花,溅起团团飞沫。飞沫之细,如粉、如雾、如烟、如露,加以水是浊黄色,就像飞马扬起的黄尘。缕缕激流,滚成堆,旋成团,冲撞着,捶砸着岸边、河底的岩石。岩石被捶平了、磨光了,河床加深加宽,水位跟着降落。水位每降落一次,就在两岸岩石上留下一条痕迹,记录上黄河撞山过峡的历史。而这两岸山崖,层层叠叠,都由刻画着记录的岩石所砌成。河床愈低,山崖愈高,所以尽管激流滔滔,黄河还是一条涓涓细流。殊不知正是这涓涓细流,不舍昼夜地开山凿石,付出了多少艰苦卓绝的劳动,才开辟出这天造地设的三门峡,创造出这鬼斧神工的中流砥柱。

啊!黄河,我们坚强的父亲。

(原载《梁园》1982年第5期)

保卫黄河

这是八十多年前的一个激动人心的口号。抗日战争,敌人侵占了我们大半个中国。那与日寇相持为界的,在北线,是汹涌的黄河。黄河,它从内蒙古蜿蜒南下,穿过高山峡谷,飞流急浪,成了陕甘宁边区的天然屏障。敌人不能越此天险一步,我们的人员、物资却可以源源不断地穿过黄河,输往前线,支援华北敌后根据地,支援太行山作战。日本鬼子多么想跳过黄河来消灭我们的抗战基地啊,无奈边区军民牢牢保卫着黄河。冼星海的《黄河大合唱》发出了怒吼:"保卫家乡,保卫黄河,保卫华北,保卫全中国!"

黄河保卫着陕甘宁根据地,根据地军民保卫着黄河!

黄河蜿蜒南下,一路呼啸着奔向潼关,然后折而向东,把日本鬼子挡在了山西。

现在的年轻人不知道什么叫"闯关车"。那时敌人占领了风陵渡,隔着黄河向潼关打炮,陇海路上的火车从这里经过,就要冒挨炮的危险。坐车的人必须有一种义无反顾的精神,就是硬着头皮闯,闯关,闯命,九死一生!

十四年抗战,闯了十四年的关车,不知牺牲了多少的军民。但敌人却不能过河来占领潼关,因为我们在保卫着黄河!

从潼关往东,黄河两岸依然是悬崖绝壁,激流险滩。有抗日军民严阵以待,日军不能越雷池一步。当时,位于黄河南岸的渑池兵站,是八路军从延安通向华中的中间站。党中央通过这里与新四军联系,刘少奇(化名胡服)同志从这里走向盐城指挥华中的敌后斗争。兵站为什么要设在渑池?因为渑池背靠黄河,日寇大部队不能飞渡,我们的零星人员却可以凭一叶扁舟两岸穿行。1941年中条山战役,国民党军溃败晋南,多少散兵游勇靠木筏漂过了南岸,把日本鬼子甩到了身后。

黄河,你保卫了中华儿女,中华儿女誓死要保卫黄河!

因为有黄河这座天然屏障,洛阳显得地势险要,第一战区司令长官程潜、卫立煌、蒋鼎文得以驻节于此,遥控指挥河北的敌后抗日武装。

出三门峡往东,黄河两岸地势平坦,便于舟渡。但黄河里挟带着大量泥沙,秋水泛滥,往往在河滩上冲出一个个漩涡。漩涡里灌满了胶泥浆,形成大大小小的泥潭。尘土一吹,泥潭就蒙上了一层沙皮,看似平地,一脚踩上去蹬了空,就陷入了这无底的深渊。陷进去还不能挣扎,越是挣扎越往下沉,直到被活埋为止;同伴见他陷下去还不敢伸手拉他,谁拉他谁就会蹬破脚下的一层沙皮,把自己也陷进去。这叫牛皮沙,日本鬼子多次企图偷渡黄河,都陷进了这牛皮沙里,他们从此不敢再登南岸,这里成了他们的阴曹地府。

黄河再向东,就到了河南人民永远不会忘记的花园口。

花园口,河南人民的灾难。1938年,蒋介石于此扒开黄河口,洪水滔滔而下,千里沃土顿成泽国。人民流离失所,逃荒涌入陕西,卖儿鬻女讨吃要喝安下身来。所以至今陇海铁路沿线的一些西部城市如渭南、西安、咸阳、宝鸡……说河南话的人特多,尤其是宝鸡,那里除了河南话,听不到正宗的陕西腔。抗日战争,河南人填满了陕西。"老乡见老乡,两眼泪汪汪",这句普普通通的口头谚语,其中渗透了河南人民的血泪。

河南人为抗战作出了最大牺牲,这牺牲倒是换来了大部分国土的安宁,日本鬼子占领郑州南下华中的阴谋落了空,只得调整战略溯长江而上攻打武汉。这就为中国军队的从容布置赢得了时间,从而保卫了大后方的安全。郑州、许昌之东成了一片沼泽,敌人机械化部队不能前进,多次偷渡黄泛区都因后勤不继而告终。待到1944年日寇强袭豫西,已成强弩之末的颓势,很快地也就输光了本钱宣布无条件投降。

黄河,你在中华民族历史上留下了光辉的一页。人民永远不会忘记你,不会忘记"保卫黄河!"

人过留名

中国人重名。辛弃疾说过:"了却君王天下事,赢得生前身后名。"可见名的重要。生死关头,舍生取义,留取丹心照汗青,多少先贤为我们作出了榜样,屈夫子怀恨投江,颜杲卿引颈骂贼,文天祥从容就义,史可法慷慨赴死……他们在中国历史上留下了美名,万古不朽。

更有那些为真理而献身的无数革命先烈,他们或赴汤蹈火,去得匆忙;或不幸被捕,坚不吐实……虽然都为国家献出了生命,却没有人能说出他们的名字。但历史不会忘记这些民族英雄,每见无名烈士墓、塔、碑前,行人肃穆,鲜花常开,方觉他们在人民心中早已留下了最好的名字——"无名",却是最最有名!《庄子·逍遥游》就说:"圣人无名。"

另有一班人类精英,他们或生于太平盛世,或远离金戈铁马,虽不曾驰骋沙场为国捐躯,但也曾经一生寒窗刻苦钻研,万里铁鞋为祖国奔波。如司马迁以《史记》行世,李白、杜甫以诗歌名篇,王羲之草书风流,八大山人似哭似笑,唐僧西天取经,鉴真东渡传教,张仲景治伤寒,李时珍撰本草……他们为人类的进步奋斗终生,他们也在历史上留下了美名。

想留名,是好事,即便是从个人主义立场出发,为想留名而去奔赴国难,也不失为一条汉子。欧阳修在《王彦章画像记》中说:

> 公本武人,不知书,其语质。平生尝谓人曰:"豹死留皮,人死留名。"盖其义勇忠信出于天性而然。

"豹死留皮,人死留名"这句话里,包含一个不言而喻的概念:留名,留的是美名。而且是一死留之,半生留之的不算。王彦章一介武夫,义勇忠信,要留的当然是义勇忠信之名。所以"留名"一词,绝不单单是留下一个名字,而是要留下一个美名,留下你的义勇忠信的美好事迹,以供后人景仰,记忆,传颂;反之,一个人一生没有什么作为,你留什么名?能留一个平庸无能之名?行尸走肉之名?

但不久,王彦章的话就被一句新的成语所代替,叫作"雁过留声,人过留名"。人一过就可以留名吗?留下什么名呢?我理解,这一过是一生,用一生的事迹留下一个美好的名字。但有的人就不这样理解,他们认为一过就是从此一次走过,留名就是留下名字,不管他是好名还是恶名,纵不能流芳百世,也要遗臭万年。

这句话谁说的?有人说是曹操,我不信。曹操雄才大略,统一北方,其文治武功,不逊于刘备、孙权,而他的诗作《薤露》《蒿里行》《短歌行》《苦寒行》,更足以当得"诗史"称号。他为什么不能流芳百世?他何至于要遗臭万年?

这句话不是曹操说的。读《三国志·武帝纪》,只见他说过"宁我负人,勿人负我"的话,还不在正文中,是裴注引孙盛《杂记》的话,是否属实还靠不住。但这句话到了《三国演义》里,就成了"宁教我负天下人,休教天下人负我"了。"人"变成了"天下人",扩大了曹操的对立面。

就这样,曹操也没有说过"遗臭万年"的话。

曹操不会遗臭,他在历史上是能留名的。不能留名的倒是这样一些人,游手好闲,百无聊赖。虽然从来不曾为别人做过好事,却总希望能在世上留个空名。孔子说"君子疾没世而名不称焉",他们不管,只管在一些古迹栏杆上、石碑碑面上刻上自己的名字"×××到此一游",算是人过留名。至于×××有什么丰功伟绩,他自己就不管了。这样的题词往往是字迹歪斜、笔画残缺,一望而知,作者的文化程度只相当于高小,而且是"文革"高小按年数毕业。

这样的字还来建筑物上留名,能留什么名呢!只能留泼皮无赖之名、庸俗透顶之名。

不要以为这些事都是些无知小民干的,干这事儿的也有民之父母、达官贵人。

我家居邙山脚下,距嵩山不足百里。中学时代春游,参观登封嵩阳书院时,老师事先介绍,院前那一幢古碑,高大雄伟,是唐玄宗时所建。因为是唐碑,距今一千三百多年,为历代人仰羡,所以碑阴、碑侧刻满了仰羡者的名字。仰羡者代有人出,而碑面上空隙有限,大家只好去挤,于是名字大小相叠,后人盖过前人。但那又不是谁想去挤都可以挤的,历代官府都派人监督把守,并由官营石匠在此操刀下笔,非毛头小子可以携刀乱划。刻名者必须具备县官以上资格,交验官牒后方可协议出资,刻名留念。至于出资多少,则由双方议定。但从不违背这一经济原则:字的大小工拙与地盘的优劣选择,和出资多寡成正比。

我那天参观嵩阳书院,走到碑阴一看,只见上面密密麻麻重重叠叠,都是我们的祖传汉字。字越古越小,篆、隶、行、楷爬满碑面,使后人无从插足。但困难难不倒有心人,他们总能见缝插针,从别人胯下觅一立锥之地,然后以歪歪斜斜之姿,留下自己的芳名,到此也就称心如愿了。更有一班强梁之徒,觅地不得,索性打破常规,在别人名上刻上自己的名字。前人字小如蚁如蜂,他则字大如虾如蟹,肆无忌惮地爬在前人头上,显出一时的英雄本色。而那些原先的"蜜蜂""蚂蚁",则顿成一片断肢残臂,无可奈何地躺在英雄脚下呻吟,使参观者不辨其原来面目,不知其原为谁人了。长江后浪推前浪,江山代有才人出,新出的方人效法前贤,变作鱼鳖鼋鼍高蹲于虾蟹之上……如此代代相因,碑面顿成战场,而且堆满了战败者的尸骨,层层叠叠。尸骨上面坐着一个个最后胜利者,狐假虎威地傲视着这一血肉战场。但他又不得不担心,究竟哪一天,自己也会被别人的名字盖住、压倒,成为一片断肢残臂。

我正要可怜这些参战者,他们出资、留名,最后又被别人盖住、践踏。这些人怎么这样傻?忽又觉得,他们之中个个都是民之父母,县官以上,非粗劣小民可比,应该不傻。

我仔细辨认这些名字,想从中找出几个相熟悉的名人,如苏东坡、王安石、王阳明、顾炎武之类,但终于上穷碧落下至黄泉,任何字缝里都没有找见他们。

我于是憬悟,真正的名士不屑此道,屑于此道的不是真正的名士。幸而如此,否则,如果张巡、岳飞也在这上面刻上名字,尔后又被安禄山、秦桧这样的名字所压倒,岂不使英雄九泉落泪,哭倒长城!如果程颢、朱熹这样的名字又被李彦青(他是曹锟的男妓,官封参议、副官、处长——级别都在县长以上)的名字所压倒,那不令二位理学家在九泉之下再气死一回!

想到此,不禁秽气上行。从此以后游览古迹,再见那些你挤我压的游人留名,总像见了厕所壁上题字"×××在此拉屎"一样恶心。因为这些"拉"字早已被一些游手好闲之徒改成了"吃"字。

这改字的人比那些用名字压倒别人名字的人更为恶毒,他骂了人,还不留下自己的姓名。真人不露相,露相不真人。

1980年代之初参观襄阳隆中,见卧龙岗上岳飞手书《出师表》碑,碑面被用整块玻璃镶上木框罩住。这当然是管理人员为保护碑面不被游人拓印与刻划所采取的措施。但在碑的最下玻璃与碑面之间,却嵌着一张合影照片,四五个不更事少年挤成一排,面对游客,伸头探脑局促无措,手也没处放的样子。

是谁把这张照片嵌了进去,遮住了一片碑文又这么不伦不类?当然不是当初安装玻璃的工作人员。那照片,是在玻璃装好之后,从其顶部与碑面的一丝细缝间,小心插入,再轻敲玻璃使其震落的。由其落下之后的端端正正看,好事者还是些心灵手巧的细心人,不是一般的粗手笨脚的毛头小子。如果让他们去搞插花工艺、盆景布置,有可能还会搞出一点艺术成就,出口换回外汇呢!

可惜,他们没有去搞什么艺术,而在这里恶作剧留下真影,使这张照片,遭到了灭顶之灾。

照片落在碑座底部,下面紧连着漆木框。木框被不知何方的无赖小子,刻上了一排排仓颉所创造的文字。第一排写的是:

"这是我的一群儿子。"

后来者居上,第二排写的是:

"这是我的一群孙子。"

鉴于第一排作者也牵连被骂,第三排作者要置身事外,他不再写"我的"了,改写成:

"这是一群王八孙。"

但还是不能逃脱牵连,后面被人写上:

"你也是王八孙。"

再后面:

……,……,……。

花样是愈翻愈奇、愈翻愈新。但每一个骂前人者,都未能逃脱被后人再骂一回的命运,而且是立竿见影,现世现报。

"人过留名"不知何时改成了不留名而留字。上云"拉屎"改成"吃屎"大约乃此事之滥觞吧!而"留字"竟成了留骂,我想是从我见的此碑肇始。

我有幸看到汉民族语言如此发展,觉得心中大为不快,因而作此一吐。

也许有人会说,你详尽地抄了别人骂人的话,不怕后人在你的文章后写上"你也是××"的话吗?

不怕。我的文章至多不过印成铅字,那不是石碑,不会万古流传、万民仰瞻。你写上,至多在一张纸、两张纸上写上,供你和你的老婆、同党看看玩玩出出鸟气,时过境迁,也就烟消云散。我还不至于遗臭万年。

在这里,我佩服武则天。她以一个女人统治男人的世界,龙飞御宇数十年,是非功过,身后留下无数的褒贬。据说她遗诏死后墓前要竖上一块"无字碑",连名字也不写，使后人无所施其褒贬。她走得是潇洒的，不愿为人世的是非功过争吵，再玷污身后的清平世界。

外国的名人则更为达观洒脱，不少人的碑石上连名字也不写，只画一个符号。这符号代表着他的一世功绩，这功绩曾经使他名震世界。如毕达哥拉斯，他以证明了黄金分割而享誉古今数学界。据说，他的纪念碑上只刻了一个几何图案——黄金分割，没有留名。但一看到黄金分割，就是一个普通中学生，有谁能不知道毕达哥拉斯之名呢？

人过留名，我们希望留下的是这样的名"黄金分割"，而不是歪斜不成字体的"到此一游"。我建议我们在一些英雄人物的家乡，建立这样的纪念碑，碑上不写名字，只介绍英雄事迹。屈原的碑上刻个"离骚"，司马迁碑上刻上"史记"，蒙恬的碑上画一支笔，蔡伦的碑上画一张纸，董存瑞炸碉堡，黄继光堵枪眼。顾颉刚就写个"层累法"，陈景润当然是"1＋1"了。至于秦桧，就让他永远地跪在岳飞庙前，虽然白铁无辜，但那也是一种墓碑。

如果有人问，等你不再"永远"时，你的墓碑怎样写？答：什么碑也不要，因为我不赞成"人过留名"！

我第一次见到中国人民解放军

家住在中原兵家必争之地,旧社会军阀混战,见过的各色军头可多了,有凶神恶煞的,有倒拖枪脚的,有金盔明甲的,有袒胸凸肚的,还有那一班叫花子似的"保安"团队,见了老百姓会装腔拿调,碰见真正的"刀客"却急得叫娘……他们有一个共同的特点:进村三声炮,砸门撬户,吆五喝六,抢粮抓伕,偷鸡摸狗,闹得鬼哭狼嚎……百姓避之唯恐不及,庄稼汉子逃亡后山,姑娘媳妇躲进暗窑。留下一些老弱病残支撑门户,装聋作哑虚与大兵委蛇。少不了挨上他们一顿枪托,保住房子不被烧掉就是万幸。

和这些军队迥然不同的,是我们的人民解放军。我第一次见到她,是在1947年的10月,陈赓兵团渡过黄河,转战豫西,旌旗所向,国民党机关散伙,贪官污吏逃跑净尽。到处传播着一个消息:"八路来了!"

从此,城里不见一个穿"制服"的人,大街小巷,倒也安静。那天夜里,我睡了。十岁的孩子睡得特别死,不知道身旁发生了什么事。早晨醒来,发觉自己睡在后院六奶奶的房里。六奶奶告诉我:"昨晚咱们家来了兵,他们都住在前院,半夜把你抱过来,房子腾给兵住。"我大为惊异:兵来了,咋听不到鸡飞狗咬声呢?

我跑回前院,见母亲正在安详地做饭。面缸口上摞着兵们的几个钢盔。母亲来挪动它,一个大兵忙跑过来帮她搬开,笑着说:"老大娘,你搬不动哩!"原来钢盔不比帽子,挺沉挺沉的。

兵们起床后收拾铺草,然后到大门外井台上洗脸刷牙。我家那只咬人狗一反常态,懒洋洋伏在地上,眯眼闭目地看着这帮来往的大兵们。门外大街上,到处是兵,抱草喂马的、扯绳架线的……当官的拿着小本子来往穿梭,不知他们指东划西口里说些什么。那些洗漱完毕的兵,有的找乡亲拉话,有的教孩子唱歌,也有缝补衣服的、看本识字的……

我跑出门外,只见一街两行,所有的空墙上,都用石灰刷上了白标语:"打过长江去,解放全中国!""蒋贼不死,内战不止!""废除苛捐杂税!""没收官僚资本!"大墙大写,小墙小写。有时还在半指宽的砖缝里,用竹签蘸墨汁,写上一条"耕者有其田"的口号,成为一件小小的艺术品。我登上房后高坡,放眼三十里平川,只见远村近庄,街里墙外,路边田角,到处是标语,一片粉白,如残雪初晴,薄云方散。这顿时使人想起唐诗名句:"忽如一夜春风来,千树万树梨花开。"

上午,住了一夜的"八路"又要出发了,上门板、扫院子、还东西,连路边挖下的地灶也要修整填平。当官的逐户检查,询问房东少了什么东西?村民一致说没有,而且在人群里传着一句话:"有人在窗台上放了一只银镯子,队伍住了一夜也没有人动它!"

"八路"集合了,在村里的广场上。他们不停地唱歌,唱《人民解放军进行曲》,唱《三大纪律八项注意》,特别是一首《军队老百姓》,四部轮唱,那节奏明快的多次反复,突出了一支强劲的旋律:"军队老百姓,咱们是一家人……"更新鲜的是啦啦队拉人唱歌,出节目:"一排长,来一个;来一个,一排长!"那个一排长跳出队伍行列,双手拿着四颗手榴弹,夹在手指间,打着快板说起来:"解放军,到豫西,消灭敌人两个旅!又缴枪,又缴炮,枪炮都是美国造……"赢得围观的群众又是吃惊又是叫好!

在这个队伍里,还有不少女兵,她们把头发掖进军帽里,背上红十字挎包,散布在部队中间,引逗得姑娘媳妇们围着观看。这些昨夜还是胆小的女人们从地窖里溜出来,不怕广场上扛枪弄刀的兵了。

我凑近"八路"看去,他们的胸章上,是"太岳人民野战军",不是"八路"。

队伍要走了,部队的首长向大家讲话,他称乡亲们为大爷、大娘,为兄弟、姐妹,他说"我们是人民子弟兵",还讲革命形势,讲全国就要解放的胜利前景……然后向乡亲们告别,一声口令,带着部队走了。

部队走了,留下了满街的标语和一路的歌声。

从此,村民每有相聚就议论"八路",说他们会唱歌、会讲演,当兵的一坐下来就学认字,"人人都像是要干大事儿的"!也有人说,这个军队不像是来打仗的,倒像是来展示军容——可人家又总是打胜仗啊!

从此,人们笑蒋家军队就又多了话题,说他们只会抽烟、喝酒、偷鸡、赌钱,"他们哪里会唱歌?他们只会晒着太阳捉虱子,乜斜着眼睛唱《小寡妇上坟》"。

几天之后,国民党的军队回来了,拖着火枪吆三喝四地回来了。他们对满街遍眼的标语视而不见,因为那后面没有藏着女人和金钱。最后来了一个大官,他指着墙上的"蒋匪"威胁群众:"去,把这些'蒋'字统统改成'共'字!"村民照办如仪,于是在我们村子的大墙上,留下了一条古怪的标语:

"打到南京去,活捉共介石!"

偃师第一次解放和齐五兴的被杀

1947年暑假,我考上了偃师县立首阳乡第一中心小学——首阳一校,即现在的"偃师实验小学"。

入学后不久就是双十节——辛亥革命纪念日,国民党叫"国庆节"。县里要开会庆祝,学校提前通知,那天让我们中心小学的学生穿上童子军服去接受检阅。

10月10日早上穿戴整齐,到校后不见集合动静。老师忽然宣布,不到县城去检阅了,到老城旅行。

老城有什么可看的?老师领着我们,在水潭边上转了一圈,然后解散,放学回家。第二天背着书包再去上学,却见教室门口散着几个同学,大家传言相告,学校暂时停课,学生回家听候通知。校内乱糟糟的,课桌已经搬运一空,同学三五成群,窃窃私语:"八路"打过来了,昨天庆祝会没检阅成,官儿们都跑了!那时我们还不知道"解放军",管解放军叫"八路"。

官儿们跑了,校长、老师也不见面,我们学生只好背上书包回家。这时是10月11日。

回家当天,不见任何动静。街上、村里生活如常,称盐卖醋,砍柴放牛。只是不见一个穿"制服"的人,更不见催粮的乡弟、收捐的税丁。

这样过了一天。

第二天(12日)白天照例无事。

到了夜晚天黑,枪声突然大作,十分钟后,又无声无息,一切复归平静。但始终没有听到一声炮响。第二天早晨起来,风和日丽,鸡鸣犬吠,街上传言,昨夜"八路"攻进了县城,国民党的保安团队,跟着县长董国彦跑了。那十分钟的枪声,是八路军追着保安团的屁股打的。

就这样,偃师第一次获得解放。

在我们窑头村的中间,有一座寇家祠堂,里面装着一袋一袋的小麦,堆满一屋,那是国民党部队的军粮仓库。这时保安团跑得没影了,仓库没人管,门被砸开,有人就往外抢搬粮食。附近群众闻讯赶来,加入了这抢运行列,一路上道路拥挤,农田里都被踩出了许多道路来。只两天工夫,军粮就被抢劫一空。其后解放军战士赶到,望着这一批批满载而归的"勇敢分子",也没有加以阻拦。

事后群众传说,这是解放军开仓济贫。但却不是,解放军从来不干这种盲目的一哄而上的活动。毛主席在《再克洛阳后给洛阳前线指挥部的电报》中强调,"不要提'开仓济贫'的口号";在《新解放区农村工作的策略问题》

一文中,更告诫不要立即开始分浮财:"因为过早地分浮财,只为少数勇敢分子欢迎,基本群众并未分得,因而会表示不满。"

这次开仓放粮,是族叔郑继武带头干的。

郑继武,乳名焕成,窑头村本村人,一向胆大妄为,历惊闯险。国民党兵撤退后,他手持大锤一柄,骂声"日娘"就砸开铁锁破门而入。等到国民党军回来,粮食早已被抢光,他也远走高飞,不知去向。为此国民党还对他下了通缉令。他在郑州看到通缉,立即逃往徐州。等全国解放后他才转回家乡,从此安居乐业,直至终老病故。

但这个扒仓抢粮事件却闹得周围群众惊恐不安。国民党军回来,由县保安大队长潘协五代理县长,他表示一定要严惩抢粮者,追回丢失的军粮,并扬言要挨家去搜。于是谣言四起,群众一夕数惊。

但是穷苦的群众不怕搜,他们抢来几十斤小麦,连夜磨成白面,早已吃光咽净,还怕你去搜他?怕搜的倒是那些中农、上中农,家中收获几石小麦,舍不得吃,生怕国民党搜去当作抢来的军粮,于是胆战心惊,不知所措。窑头村民齐五兴就是这样人中的一个。

齐五兴,窑头村古佛洞沟人,一个忠厚善良的农民。军粮被抢时,他根本不在家,没有拿过一粒粮食。但敌人要搜军粮,他怕自家种成的小麦被不分青红皂白地搜去,所以想了个办法,趁半夜装上大车,把粮食运出村外,要藏在自家农田里的井屋内。谁料闯了大祸,粮食刚运出村,就被保安队的一个班长半夜吃酒回来碰上,一看装的是几口袋小麦,于是他当场被抓住,扭送到保安大队部。

其实,敌人扬言挨家搜军粮,却是不敢动手的。抢粮的人太多,他们怕激起民变,所以只是危言耸听,吓唬一下群众罢了!而齐五兴,一个老实本分的庄稼汉子,他哪里懂得这些,结果就恰恰栽到点子上。

这一天下午,我正在街上玩,忽然听说新城上要开会,小孩子家好热闹,就向县政府跑去。一路上不见有人去看,却见槐荫寨路边墙上,稀稀落落挂着几张花纸:"欢迎刘专员!"标语写得潦草,字体极不庄重。一切显出败落现象。

刘专员名焕东,传说他是省主席刘茂恩的叔父,但我看不确实。

开会就在保安大队的操场上,(在后来的县四高院西数百米处)我一进去就被惊呆了,那里没有什么布置,土台子一座,中间放一张木桌子,上面没有桌布、茶杯,台上没有坐凳,等于是一个空场子。四周却布满荷枪的兵丁,吆喝进场的群众不准再出去,统统坐下,而且要屁股坐在土地下,连蹲着都不行。

到会的群众只有四五十个人,被集中到一块,让周围的兵丁用枪指着。过了一阵,军警拍开了巴掌。只见一群人簇拥着一个老头登上台来。他不用司仪,也不用人介绍,自个儿往前一站,就轻声讲起话来。看来这个人就是专员刘焕东了。

刘焕东又瘦又小,干瘪的脑袋下长着几根稀疏的胡子,穿一身不起眼的中山装,不像个专员,倒像个小学老教师。他嘴里叽叽咕咕说了一大堆"总理""主义"……但总理是什么主义他也没有说清,我也没有听清。

讲了一阵,一群兵丁绑着一个农民被推上来了。兵头向专员自报家门:"偃师县保安大队长、代理县长潘协五报告!"说着敬礼递上一份公事。专员接过来,装模作样看了两眼,就问那绑上来的农民:

"你叫齐五兴?"

"啊,啊——"

"你车上的小麦是哪里来的?"

"自家地里种的!"

"自己的小麦为啥半夜往外运?"

"我害怕……"

"害怕什么?"

"害……害……害怕你们,搜!"

"谁搜你了?"

"……"

农民无言以对。专员见他说不出话,把手轻轻一挥:"拉去吧!"

我不知道这"拉去吧"是什么意思,只听那农民哇的一声哭了。几乎就在同时,一个汉子从人群中跳起来,迸出洪钟似的声音:

"有屈!有屈!"

另一个汉子也跳起来:"有人替命!"

保安队闻言大惊,枪口对准群众。专员老头突然换成一副凶相,指着两个汉子大叫:"给他砸上脚镣!"

保安队兵丁如狼似虎,冲进人群,将两个暴跳的汉子擒下拿走。人群顿时死寂,远处传来一声沉闷的枪响。

专员又变得和善如初,继续讲他的"总理""主义"……群众心惊肉跳,没有心思听他闲扯。就这样沤着、讲着,一直到太阳偏西。专员终于识趣地结束了他的演说,要脱身走了,却狠狠撂下一句话:"今后谁敢通共,就抓就杀;哪个人来说情,先给他砸上脚镣手铐!"说着就要下台去,不料一个老婆子,突然爬到了台边子上:

"专员、专员,我有冤屈,能给你说说不能……"

急于下台的专员只好止步,彬彬有礼地点头:"可以,可以。你站起来说。"

老婆子就偎在地上,诉说村子里的不公。她是伊洛河南萧村人,儿子在小学教书,因为得罪了保长,村里就说他通共。其实自己儿子除了教书,连门都没有出过,她请专员替自己做主。

专员装模作样听老婆子讲完,答应一定把这件事调查清楚,让老婆子放心,先回家等着。我看得出来,老婆子的话,专员根本没有用心听,他只是在做官面文章,应付一下老婆子。

然而老婆子满意了,又爬着退下台去。专员趁机溜走,让群众散场回家。

这天大约是阳历10月30日,阴历的九月十七。散场之后,月亮已经爬上东边天空,用惨淡的冷光投下昏暗的树影、人影。我随着人群向会场外走去,路边有几个兵丁,懒散没样地站着,脚下横着一个人形——兵们在守尸。

回到家里,父母正急着等我吃晚饭,他们已经知道今天县上在杀人,我被围在场子里不能按时回家,所以没有责备我的晚归。

夜里睡下,我问父亲,什么叫"替命"!父亲说:"就是替人去死!""谁愿意替齐五兴去死呢?""那是他儿子……姓齐的死得太冤了。"父亲感叹地说。

齐五兴被杀,群众愤然不平。大家说,齐家根本没有抢过一粒粮食,只因为自己种了几亩小麦,舍不得吃,怕被搜去当成抢麦赃证,才去转移换个安全地方,不料反而惹下大祸,遭此非命!其实,他车上装的是否军粮,一看就能知道,军粮收自众家,品种混杂;私粮为自家所种,品种单一。但保安队就是不去分辨,他们好不容易抓住一个"抢犯",岂能轻易放过?

他们要拿老实人开刀,杀一只要儆百,还管你是真"抢犯"还是假"抢犯"!

但杀一也并不能儆百,从此人心躁动,一夕数惊,保安队与群众时有冲突,他们下乡催粮饷,群众叫他们是"倒罐队"——把罐子里几颗粮食都给倒走了。或者叫"麦牛(ǒu)儿队",说他们是粮食囤里的虫子,偃师土语把这种虫子叫 mài ǒur(麦牛儿)。

国民党也发现潘协五控制不了局势,派来了一个独臂县长席拂尘。

席拂尘一到偃师,新官上任没有放三把火,而是先上窑头村拜访孙桓卿。

孙桓卿,偃师著名豪绅。"民国"十二年,北洋军阀统治,吴佩孚坐镇洛阳,孙任陕西督军刘镇华部镇嵩军驻洛办事处主任。以后退职在家,担任偃师救济院院长,名声不减当年。据说国民党河南省主席刘茂恩(刘镇华胞弟)视察偃师,还登门拜访过他。但他淡泊政务,不过问官场世事,原因不为别的,只因儿子早年参加革命,在解放军中担任高级职务。他为避嫌疑,总是足不出户。听说席拂尘曾是他的部下,所以上任先来拜访他。

县长和豪绅谈了什么别人不知,但从此后局面开始安定,保安队不再威胁要进家搜粮,县政府说谁家拿了粮食,就上报个数,等麦收以后再还上。以前的事不再追究,大家仍然是党国好百姓。

好百姓怕这是阴谋,伪保长——兵荒马乱中,往日的保长躲开不干了,捉了个老实头农民来当差充数,他不敢做主,去问豪绅能不能报?豪绅说报吧,没事。这才一家三十、二十地报了起来。保长把所报总数呈给豪绅,豪绅说"多了",又叫每家把数目再减少一半。但是没有等到麦收,解放军就二次解放偃师。国民党逃了个无影无踪,抢粮的事不再有人提起,几十万斤军粮完全便宜了偃师北区的"勇敢"百姓。

还便宜了县长席拂尘。齐五兴不是他杀的,他又没有带兵去挨家搜粮,于是就有人说:"那是一个好人!"

但我不这样认为。

在窑头村的西部有一条侯家沟,侯家沟口的破窑洞里,住着一个糟老头子,无亲无故,识得几个字,靠帮人写一些机关文书度日。他原先也是个人物,当过县政府的师爷,后来因为抽大烟,才丢了差事,成了抓一把吃一口的混鬼,可烟瘾始终没有断过。自席拂尘来到偃师,老头一下光鲜了起来,因为他曾经当过席的上司。下属当了县长,老头岂能放过机会,于是三天两头打秋风,出入县府,谁人能拦得住他。这样几天之后,大祸飞来,他被勒死在破窑洞中。

凶手是谁?他独吃独住,身旁没有一个亲人,谁人能看见凶手?

但群众纷纷传言:那还用问!他三天两头去麻烦县长,一副穷酸相,县长能不嫌他寒碜!

嫌寒碜就把人勒死,这手段也太歹毒了吧!

但又不能证明老头是县长派人害的,这凶手也够刁钻了。

席拂尘在1948年5月5日被我人民解放军俘获,押回原籍处理;潘协五在1953年秋被抓获处决,刑场设在槐庙镇东,靠近窑头村的边上(当时的三角车厂门前),其中含有为窑头齐五兴申冤之意。

开封的春天

开封的街上没有大树,不像郑州有大梧桐、洛阳有毛白杨。问其中的原因,并不是新辟街道来不及栽,而是老街沙质盐碱地,不长。

没有树,加上风沙,以致气候变化无常。开封人的衣着季节性明显,五一节单穿衬衣,国庆节就已披上棉袄了。所以有人说,开封没有春秋二季,过了寒冬就是盛夏,过了盛夏又是寒冬。

我来到开封,来到这所古老的大学里,张眼是古色古香的宫殿式建筑,却不见苍老遒劲的参天古木。操场上年年栽树年年死,看了真叫人泄气。

为了改变这种状况,我们也做了相应的努力,栽树挖大坑,填新土,以减少盐碱的浸蚀。树长起来了,枝叶繁茂,荫翳蔽天,可是一场大风过去,连根都能拔起。开封的沙质地土松,坐不住根,你有什么办法!

树是春天的象征,没有树,就没有了春。

开封果真没有了春吗？不——

若干年来，随着国家建设的发展，开封的楼房也多了起来。解放前，这里除了马道街、河南大学有一些三层高楼外，其他街道多是高屋上房，屋里架一层棚板，算是两层楼建筑。现在不同了，如果说1960年代的高建筑指的是四层楼，那么1980年代的高建筑指的就是七层大厦了，楼高了，偎倚着楼壁的树木也蹿了上来。由于高楼做掩护，横空掠地的狂风再也奈何它不得。于是大楼与高树争长，绿叶同红墙映衬，人坐阳台上，如在翠茵中。怎么能说开封没有春天，只不过春天不在旷野外，尽在人院中罢了。

春在人院中。过去伏案读书，不曾注意到这个。近日搬进一套新房，朋友来找说："你家最好找了，只要看人家阳台上都有盆花，哪一家没有就是懒汉你！"

我恍然醒悟，是的，开封人爱花，家家窗口、房顶只要有一尺方地，就要摆上一盆花，春兰、秋菊、红芍药、白牡丹……甚至让牵牛花爬满窗棂，织成一幅碧绿的翠帘。人们把春天迎进城市，把春天留在家中。

我也要买一些陶盆栽几株花了。这倒不是为了附庸风雅，而是说要和大家一道留住春天。让家家的春天连成一片，从窗口到屋顶，由大街到小巷，而且要不停地扩展，城里、郊外、乡下、农村……甚至荒凉的沙丘、无垠的旷野，染绿这整个的大地。

开封将永远是春天。

（原载《河南大学报》1985年4月）

开封的黄沙

那已经是1950年代的事了.第一次到开封来,朋友告诉我:"开封最有名的是沙。黄河无风三尺浪,开封无风三尺沙。外地人到了开封,晚上关紧门窗睡觉,早上起来会找不到鞋子。鞋子哪里去了?原来一夜工夫,屋里落了一层沙,把鞋子埋不见了。"

这是一个夸张的故事。我来到开封,既没有睡觉挂鞋于房顶,也没有发生过丢鞋事件。

然而,开封黄沙的确是名不虚传。狂风起处,飞沙弥漫。只见天是黄的,地是黄的,偌大一个苍穹,像一口黄锅扣在头顶,逼得人透不过气来。此时张嘴是沙、睁眼是沙,眉心、鼻孔、领口、袜筒,无一处不钻进沙子,连刷牙的声音也不像往日的"嚓嚓嚓",而是牙刷磨着沙子的"沙沙沙"了。哪来那么多的沙啊?步出北门一看,飞沙所积,已与城墙平齐了。

但是,开封黄沙虽然无孔不入,但却绝不污染。风平沙息之后,你将衣服一抖,沙子会扑簌簌落下,连洗也不用洗;桌椅门窗尽管蒙尘盖土,而鸡毛掸掸过之后,依然是窗明几净,令人心神为之一爽。所以开封人并不怕沙,总是满不在乎地迎接着风沙的到来。你看,春风起处,那袅袅婷婷的红妆少女,早已把轻纱薄帕挎在头顶,未风而绸缪,她们有备无患了。

1950年代后期,干部走出机关,我也和大家一道出城开荒种地去。举目望北郊,片片黄沙,到处是红松、白草,其间也有庄稼地——一块一块地和黄沙相挤,各不相让,保持着暂时的均衡。黄沙与农田中间,并没有一块未开垦的荒土,连一块打鸟的坷垃都拣不着,叫我们哪里开荒去?

过来个老农告诉我们:"就在这沙窝里,翻上一锨沙土,捧上一把粪,浇上一瓢水,种啥长啥。你们看——"他指着一片绿葱葱的庄稼说,"我们种的小麦、玉米、茄子、黄瓜,长得不都挺好吗?一方水土养一方人嘛!"

是的,驰名全国的开封西瓜和花生,不都是从这沙窝里长出来的吗?

我们照他的话做去,种了萝卜和白菜,当年就获得了大丰收。

第二年,我奉调到南方,离开了这古老的都城,告别了与之朝夕相处的黄沙。

二十年过去了,今天,我又回到了开封。故地重游,不看满城花似锦,首先想到了黄沙。久违二十年,它还是那逞凶施威的样子吗？

不，不了。我仔细观察，春风起处，黄沙卷地而来，虽然还是迷人眼目，但已不是混不见日。挟着黄沙的狂风高不过屋顶，盖地而不遮天。所以天还是蓝的，云还是白的，和二十年前的如锅扣顶比起来那就差劲多了。究其原因，说是四郊栽植了防护林带，十年树木成林，那漠漠黄沙已盖入绿荫底下，再也不能腾空起舞了。

这引起了我追踪故迹的兴趣。于是登龙亭望北郊，只见郁郁葱葱，森然一片。哪里是当年的片片黄沙、红松、白草，已经无从寻找，我也无心寻找了。这时瞥见了康有为留在龙亭东侧门柱上的半副残联"徒叹城郭犹是，人民已非"，不由使我想起了当年那位告诉我们破沙开荒的老农。岁月如流，他已经不在人世了吧！但我牢牢地记住了他的那句话："一方水土养一方人！"

（原载《河南日报》1982年1月17日）

不　　走

去年寒假,我回到水灾以后的偃师。

偃师的这次水灾,虽不敢说亘古未有,起码说也是其势空前。老年人常说,民国二十四年(1935年)涨大河,水淹老城(偃师旧县城),大水进了城东街;而这一次,水可是连西街也进了。

现在,洪水退去已经半年,伊洛河两岸遭灾人民早已重建了新村。唯独老城,它地势低洼像个盆地,大水一经注进,就再也退不出去了,仍然是汪洋一片,像个人工湖。

回家后的第二天,就想到水边去看看。走近围城大堤,只见堤内水波涟漪,一碧万顷。这堤本来是防水进城用的,现在水已进城,它反而成了一条防水外流的围湖堤了。

老城的水退不出去,那是城太低的缘故。站在围城堤上看,城里普遍低于城外三米开外。天哪,把县城修建在这低凹的盆地,真不知古人是怎样想的。

一边走一边继续思索:不对,我们的古人不会如此愚昧,连择丘而居都不知道?老城处于伊洛河北岸,年年水来漂没,城里修堤水进不去,城外的洪水却每每带来泥沙。世世代代这样淤积下去,老城原来再高,不是也会成为低凹地吗?

是的,你看伊洛河平原上,麦、谷、菜轮作,一年可以三熟。真是一脚下去可以榨出油来的沃土呀!这不都是伊洛河年年淤积的结果吗?

堤内的马达声打断了我的沉思,这是农民在排水修田。城内地势西北高东南低,一部分土地已经露出水面,像河心之洲。人们开动马达,是为了加快排除积水,扩大这河心之洲。有一些性急的人,甚至已经搬回河心洲上了。

刚刚搬回去,一片断墙残壁。大家搭着窝棚栖身,日子是苦啊!但我听说,老城人性硬,任凭风雨飘零,也不到别处去。他们要抽得水退城干,要在这自己的土地上,重建家园。

"真是穷家难舍热土难离,连个水窝子也舍不得扔。"邻村人不解地说:"水来一扫光,还有啥舍不得哩!今年搬回去,再等下年淹二回吗?"

而老城人,他们不管别人的议论,却在不声不响地行动:排水,清宅基,攒钱,备料。就在这临时搭起的窝棚前,却堆着钢筋、水泥、青砖、红瓦。啊,没有看见土坯!老城人下了决心,他们不再修土坯房,他们要盖混砖到顶的高楼,下进钢筋,搪上水泥,叫它经得起冲、经得起泡。洪水啊!你年年来赶,老城人还是不走!

这时我明白了,老城为什么低凹,为什么这样低凹还不迁向新城。人民热爱自己的土地,他们年年防水,永不搬迁,世世代代执拗地坚守在这块土地上,任凭浪冲水灌,始终坚守如一。不是古人愚昧把县城修在低凹处,而是县城成了低凹处而人民不走!

不走,这是一个朴实无华的字眼,却代表着我国劳动人民一种坚定执着的性格。这种性格,小而言之是爱故乡,大而言之是爱祖国。

耳边的马达声越来越响了。这声音沉着而坚定,使我感觉到,有这样的人民,我们的国家是有希望的。

(原载《河南日报》1983年4月7日)

生 意 经

到马道街修表,想找个老师傅,人老成,技术上也让人放心。但走进表店,老师傅都在忙着,只有一个小师傅——两年前怕还是个待业青年吧。他在闲着。我想转身回去,他已经向着我走来,笑容可掬,我只好把表交给他。

他接过表,瞄了一眼:"老式进口货!"放耳朵上听听,"嗯,没钢音,老很了!"听他口气,也像个行家里手。我告诉他,没什么毛病,走得也还可以,多年没动,该擦油了。

他迟疑了一下,说:"没毛病,就先将就着戴吧!你想,老掉牙的旧货,擦,又能怎么样呢?还不是多花几块钱!"

嘀!怕我花钱。客人不多花钱,你们赚个啥?我心里暗想,小伙子还年轻,不懂生意经。好在我可以省几块钱,有什么不行?于是道一声"打扰"转身回家了。

事有不巧,两星期后,我把表把儿弄断了,只好又上表店,又遇着小师傅。

小师傅摇头:"不好办。老式进口表,咱没这零件,得现配。你放这里,我试试吧!"

几天以后我去取货,小师傅满脸歉意地捧出表来:"对不起,不理想,现配的表把儿,总是没有原件合套。"

我相信他的话,不再检查活计质量,反正是"不理想",还看什么呢?小师傅的诚实,是他的生意经,一个"不理想",那要比十句"包君满意"让人踏实多了。

从《霍元甲》到《零的突破》

日前,电视连续剧《霍元甲》已经风靡全国,达到了放映时间电影停演的地步。

霍元甲实有其人。他在我们民族受屈辱的时代,能够团结国人,横扫帝国主义擂坛,为中华民族洗雪"东亚病夫"的耻辱,是值得我们纪念的。电视连续剧紧扣爱国主义主题,宣扬自强精神,也赢得了广大观众的称誉。

但是,霍元甲只是特定历史条件下的一个人,他的拳头能打败外国大力士,却不能将帝国主义打出中国;能够将帝国主义打出中国的只有中国共产党领导下的人民革命,也只有在革命胜利后才有千千万万个解放了的霍元甲的出现。不是吗?自从容国团(他也和霍元甲一样原来体弱多病)连闯八关为我国夺得第一个乒乓球世界冠军,到今天朱建华三破世界纪录,体育健儿不是多次地打出了中华民族的威风,为祖国争得了荣誉吗?大型体育纪录片《零的突破》即将上映,它里面就记载着这些世界冠军、世界纪录创造者的功勋。

我们国家只有一个霍元甲,却有成群成队的世界冠军;我们看到了一部电视连续剧,也将有成批的体育纪录片问世。

(原载《开封日报》1984年7月11日)

看《垂帘听政》所想到的

电影《垂帘听政》表演了封建社会时代宫廷政变的一幕丑剧。皇后慈安的庸碌、西宫慈禧的阴险、恭亲王奕䜣的奸诈、顾命大臣肃顺的跋扈……一一展现于观众的眼前。

其实，宫廷斗争在封建时代可以说是无朝无之、无日无之。胜者王，败者贼，谁胜谁败，并不关乎什么忠孝仁义。"先下手为强""无毒不丈夫"，这倒是一切宫廷斗争取胜的秘诀。

但我们为什么要把"垂帘听政"搬上今天的银幕呢？鸦片战争以后，中国的社会性质变了，主要矛盾转化为人民群众反对帝国主义、封建势力的斗争。而以慈禧为首的一方，却投靠帝国主义，挟洋人以自重，登上"垂帘听政"的宝座。这就给帝国主义干涉我国内政打开了大门，加深了中国人民的灾难。你看，慈禧的每一举动，不是都要问一问洋人态度如何吗？

慈禧对外投降帝国主义,对内镇压革命人民。她"宁与友邦,勿予家奴",就是宁可把祖国的大好河山,拱手送给帝国主义,也不能交给中国人民。这比蒋介石的卖国理论"攘外必先安内"赤裸得多了。

因此,上映《垂帘听政》,是为了让人们永远记取慈禧卖国求荣导致了中国长期沦为半殖民地社会的沉痛历史教训!

(原载《开封日报》1983年11月16日)

从《少林寺》到《火烧圆明园》

看罢了电影《少林寺》,多少青少年跑到嵩山,把当地的食品都挤贵了,汽水两角五分一瓶,排队还喝不上。

去干什么?练武术!

武术可以锻炼身体,是一种振奋民族精神的体育运动。练武术是件好事,但跑到少林寺练武术的未必都是为了振兴中华。在校学生,背着老师、家长偷跑出去,放弃了学业,究竟是为了什么?是码头称霸街道放刁,还是见义勇为包打天下?叫人摸不准。

当今的世界是科学世界,靠几路招数去闯荡江湖,那是永远办不到了。不要说现在,就在先前也不行。今日放映电影《火烧圆明园》,那里面僧格林沁拳脚可谓妙矣,痛打巴夏礼一场戏也做得极为精彩。但那是愚昧,不顾外交礼节,予敌人以口实。结果呢?换来了八里桥一战,两万五千骑兵葬身于敌人的炮口。

醉心于跑少林寺的青少年可以看看,指望几路拳脚能不能横行天下?从这个意义上讲,我主张大家都来看一看《火烧圆明园》,使我们知道:要立足世界,除了精神以外还得有科学;少林寺的汽水才会落到一角五分一瓶。

(原载《开封日报》1983年10月19日)

开封的风沙

开封的风沙较大,一些人害怕在这里工作。

1959年11月14日,时任团中央第一书记的胡耀邦同志来到开封,在河南师范大学礼堂批驳这种说法:"有人说开封不好,我看不然。宋朝的皇帝在这里建都,他可不是到艰苦的地方来的呀!"

从宋代来讲,开封确实是个好地方。汴河流入淮水通往长江,江南的大米、水果可以源源运来。据说,当时开封街上,荔枝到处可见,算不得稀罕物了。读孟元老的《东京梦华录》、看张择端的《清明上河图》,我们会为宋代开封的繁华大吃一惊。近人说:"上有天堂,下有苏杭。"但林升《题临安邸》可批评南宋君臣"直把杭州作汴州",说明当时杭州的迷人,不过与开封相似罢了。

开封,焉能说不美!

但开封的确有风沙,这是封建统治阶级留下的祸害。明清以来,汴河淤塞,黄河泛滥,到解放前,滚滚黄沙甚至淹没了北城墙,破坏了开封的美。

但这不要紧,要紧的是我们要建设开封、振兴开封。解放以来,绿化城市、加固堤防,风沙日减,已经取得了不少成绩。今日的开封已经是花满阳台、绿满街头。再有几年,你要是想再看一看风沙,那就只好坐汽车到黄河滩去找了。

小屯村的今昔

来安阳而不看小屯,就像到了北京却没有见着故宫一样。

10月9日,秋高气爽。我们一行数人,向着这三千年前的古都走去。

在安阳宾馆,买游览图,售货员特别客气,买四送一,给了我们五份。这大概是我们佩戴着"商史讨论会"的胸章,而享受了格外的礼遇。安阳对于研究小屯历史的学人,是特别热情的。

走出市区,按地图前进。但我们迷失了方向,不知南北西东,有地图没法子看。而且,这地图也淘气,供外宾用的,没有汉字。中国地名根据发音译成英语,就不容易再把英语译回原来的汉字。譬如说,"YinxuRd"是殷墟路;可是"AngangRd"呢?是安岗路?还是安港路?如果不是看到远处高高的大烟囱,你做梦也想不到这是通往安阳钢铁厂的路——"安钢路"。

两条路,一条通向纪元前的帝都,一条通向现代化的钢城。这是一个很好的象征,象征着安阳的古老与新生,光辉的过去,灿烂的未来。

问路,鼻子底下有嘴。但我们南腔北调,当地的人听得懂吗?事实证明,这是不必要的担心。尽管语言混杂,但只要我们一开口,勿管男女老幼,任何一个安阳人,都会一手指出你要去的地方,操着浓重的乡音,殷勤地告诉你:"往小屯儿哩,在那一边儿哩!"他们知道小屯的重要,连三尺小童也不例外。

殷墟路旁,沃野一片,棉花吐雪,玉米挂金,呈现出丰收景象。同志们开玩笑说:郁郁葱葱,真是王气所在。难怪盘庚迁殷,更不徙都,龙脉国运,维持统治二百七十三年之久。

殷墟路上,行人络绎不绝,自行车、小吉普时而闪过。更有一种小马车,响着清脆的铃铛,悠然自得,摇曳而来。我们说,当年周文王朝拜商纣,坐的就是这种车吧!那时的国宾元首,享受不过如此。可今天,坐在这种车上的,是小屯村悠闲的农民,他们的用度赶上了当年的王公贵人,不,远远超过了。看那车下轻快转动着的胶皮轮,苏妲己用过吗?周文王用过吗?他们至多用过一对木头轮子罢了。

在小屯村前,村人告诉我们"小屯南地",在小屯村里;农民指给我们"妇好墓"标;"张学献十八亩地""霍家六亩地"在小屯村后;"YH127 坑"又在张家七亩地头。

洹水从这些发掘地旁缓缓流过,发掘地就躺在洹水身边。而这些傍着古迹流水而居的农民,却是使用自来水、用电灯、看电视、听录音的现代化的农民。在这里,电动犁代替了拖拉机,摩托车代替了小四轮车……

在村民住宅区,我们找到了当年的马王庙。殷墟发掘五十年了,它还依然故我地蹲踞在村子的中央。走近前去,见上面贴着几张讣告,旧式典雅的文句,显示出村民的信而好古:

  不孝男某某,罪孽深重,不自殒灭,致遭天愆,祸延
显妣,共和国女……

格式是古老的,内容有所翻新,将"皇清""大明"之类翻成"共和国",就显得出神入化不着痕迹。这笔法需要一定的文思与才力。

我反对迷信,但不反对用这种迷信格式表现一点儿女的孝心。小屯村民的做法给了我新的启示:建立新道德也不妨借助于原有的形式,承认旧形式才可以建立崭新的村俗民风。

小屯,你蕴含着三千年古老的文化,你继承着更新更美的意识传统。

1984 年 10 月

我们的家族"四旧"

一、孝道

什么叫作"孝"？孔夫子说："父在观其志，父没观其行。三年无改于父之道，可谓孝矣！"(《论语·学而》)少年时，我未经"文化革命"，就学会了"批判"，在这一句话的旁边，写下了一条批语："诚如是则尧舜之后，永为尧舜；而桀纣之后，永为桀纣矣！"

在我们家里，父亲是一个地地道道的农民。所以在孝道问题上，只产生听他的话还是不听的问题，不产生什么尧舜还是桀纣的问题。幼年时代我就知道，当孩子要听大人的话，而且不准议论上辈长者。记得五六岁时依在母亲怀里，听三奶奶讲我过世的奶奶的故事，我只接了一句话："我奶奶就那样凶？"立即换来母亲的一巴掌。"那是你奶奶。许你三奶奶说，哪里许你也来说！"从此我知道，上辈人的事，不准下辈子议论，这叫"天下无不是的父母"。不是父母没有"不是",而是有"不是"不许子女来说。

我的哥哥、姐姐很多,大家生活在父母的佑护下,不准议论父母,是生活的准则。有时父亲和母亲吵嘴,做子女的上前插嘴,评论谁是谁非,会立即招来一顿拳脚和一阵臭骂。那叫多嘴,叫自找不痛快。这时候最好由哥哥率领,众姐妹向父母跪下:"都是我们不好,惹老人生气……"有时做弟妹的淘气,父母呵斥时逃避,做哥哥的则抓之归案,与其同跪于父母面前:"都是我当哥哥的不对,没有把弟弟妹妹带好……"弟妹要挨打了,哥哥就挺身护住,一面乞求:"要打就先打我吧……"我自小感受到做大哥的难处,所以读巴金的《家·春·秋》,每遇觉新的事,总哽咽不能成语。

行文至此,就觉得"革命家"会问:"如果你的父亲成了反革命,你们当子女的,也不去议论他,和他划清界限吗?"

我只好这样回答:"我的父亲是个农民,他不是反革命,不'如'你那个'果'。所以我也不用和他划清界限!"

但我的朋友就不一样了。同学李玉洛在上初中时,父亲被捕入狱。班主任要他"认识",他说父亲是好人。"好人怎么能入狱?"他说那是冤枉。"人民政府怎能冤枉好人……"他于是被革命同学围攻批判,斗到痛哭流涕,泣不成声。四十年后父亲平反,玉洛兄拿着平反通知书去给自己平反,但班主任已经故去,革命同学也都风流云散,找到了几个也都忘记了过去,惊呼:"怎么?你还有这事!"

二、辈分

我们的村庄聚族而居,全村一个姓,已有三百多年的历史。家族大,支派多,时间一长,儿孙们的辈分就相差悬殊。我在村里数中间辈分,得管有的人叫"老爷",可有的人又要管我叫"老爷"。爷、孙、叔、侄,全村人都要在这辈分上分出高低,大人、小孩概莫例外。我那时年轻,出门上大学,放假回乡,最怕遇见晚辈的姑娘、媳妇。我得丢下少年天真的面孔,装出老成持重的样子,庄严肃穆,不苟言笑。"子曰:非礼勿视,非礼勿听,非礼勿言,非礼勿动。"(《论语·颜渊》)此之谓矣。

那时候弟弟在上高中,班里有个重孙子辈的同学,两人生活在一个集体,但开口说话,还是得叫他"老爷"。"老爷,咱们开会去!""老爷,下课了,咱们打球去。"别的学生来找便宜,全拍着我弟弟的肩膀插嘴:"老弟,孩子说了,咱哥儿们打球去!"重孙子乖觉,从不和人拌嘴,他会搂住那人肩头,亲昵地叫着:"老哥,对不起,忘了叫你。咱哥儿们一道打球去!"

村里人形成的习惯,晚辈生下来,大家叫他小名,什么"小军"呀、"小昌"呀!小军、小昌长大了,又有了他们自己的儿子小明、小亮,他们就不叫小军、小昌,改叫小明他爹、小亮他爹了。如果婆婆辈的比媳妇辈的年轻,婆婆辈的就叫媳妇为"他大姐""他嫂子"……总之,从称谓上既能分出辈分高低,又能分出年龄大小。

这辈分,维系着我们家族的秩序,维护了我们村子的团结。它化解矛盾,和谐社会,功在国家,功在民族。在那阶级斗争最残酷的日子里,我们村没有出现过儿子揭发老子、妻子批判丈夫的闹剧,甚至连砸烂狗头的口号都没有喊过。是呀,你要砸,砸谁去?都是你伯、你叔、你兄、你弟,他们谁的头成了"狗头"。

三、吊死到他门上

在很久很久以前,民间流传着一句气极无奈才会说出的话:

"实在不行,我去吊死到他门上!"

这事情要追溯到前清乃至民国初年。那时候有个不成文规矩,有人死在你家门口、地里、树上、井中……只要那是你家的产业,你就得去打一场人命官司,官司打赢了,主人也要拿出一笔丧葬费,发送死者,超度生灵……光一副棺材板子,就得花你五块大洋。不用说,还得清理现场,祛除晦气,折腾下来,总得几亩地进去。

"这不是明讹人吗?谁家被讹上了,岂不倒了大霉!"我问父亲。

"究竟谁倒霉?"父亲反问说:"不把人逼急了,谁可出此下策,拿自己的命去讹人?人家连命都搭上了,还能不让主家出出血,让死人出出气?所以为富不能不仁。你敢不仁,就有人敢讹你,叫你出血!"国家大了,矛盾百出,总得让人有个出气的地方。要不,气憋足了,是要爆炸的。这个出气的地方,是保证社会和谐的安全阀。

四、奶奶的迷信

我家人老几辈贫农,祖传的宝贝不是红灯,而是奶奶的迷信。

我生得晚,没有见过奶奶。听哥哥说,她老人家迷信,总说天上有个万能的神,阳世上的一切事他都管着。不论谁来到世上,神都会批给他一份口粮。各人的口粮多少不等,但既经批过,决不再添,有多少吃多少,吃完为止。所以,有的人年轻轻的死了,那是他过早地吃完了自己的一份口粮,没的吃了,不死咋的?因此,人吃饭要省着点,不能浪费,给自己多留一口饭,就会多添一天寿。我不知道父亲和叔叔听到过这个故事不?反正大家吃饭都是碗里不留米粒,就是掉在饭桌上也要捡起来吃了。他们大概是相信了奶奶的故事,也许是读过李绅的《悯农》诗:"锄禾日当午,汗滴禾下土。谁知盘中餐,粒粒皆辛苦。"

1958年,领导号召破除迷信,范文澜先生还为此撰写专文,刊登在《红旗》杂志上。我们全家不知就里,没有对奶奶的迷信展开批判。

五、画供

听老一辈的人说,从清末到民初,审讯罪犯(现在叫犯罪嫌疑人),可以严刑拷打,逼人画供。但如果遇上一个坚强汉子,虽然犯罪事实确凿,但他受尽酷刑,却挺住坚不画供,审讯者也就黔驴技穷,无可奈何。案子拖下去,永远不能了结。不过,这种现象极为少见。你想,天下能有几个人钢骨铁筋?大家都是父母皮肉,哪里经得起无情杖子,外加皮鞭火钳?非刑之下,何求不得?因此,屈打成招,被逼画供,也是"司空见惯浑闲事"。俗话说:"哪个庙里没有屈死鬼?"信矣!

画供,就是在供状上画个"十"字(也有画圆圈的,见鲁迅《阿Q正传》)。早先的犯罪嫌疑人多不识字,所以画供不用签名。那时又不会辨别指纹,因此也不要按手印。画个"十"字,简单省事。从此买地、卖房、休妻、出子……总之,只要是过文书,都要画个"十"字。

但是,"十"字谁不会画,画出来有啥差别?既无差别,有没有人冒充罪犯去替他画"十"字呢?没有。因为过去的人都信神,怕遭"天谴"。冒充别人去画供,先就惹了一身晦气。明天囚犯被杀,后天他来找你偿命,从此冤冤相报,何时是一个尽头!如果你冒名画供惹怒了天神,囚犯尚未伏法,你自己先掉了脑袋。谁能保证神不开这种玩笑!纵然不是人命关天的大事,大丈夫坐不改名行不改姓,谁愿出卖祖宗、出卖自己去替人画"十"字!所以多少年来,只听说有人翻供不认账的事,还没有听说有人否认"十"字是自己所画的事。

六、四邻

小时候,邻居有个老奶奶,儿子不孝,骂她,推搡她,她就向周围喊:"儿子打娘了,你们四邻都不管,看着他忤逆不孝啊!"

我问父亲:"她儿子不孝,干四邻什么事,要人家管她儿子!"

父亲告诉我,这是前清留下来的规矩。儿子不孝,四邻都要出来干涉、报官。如果隐瞒不报,四邻就要与之同罪,一道坐牢呢!这使我想起高中语文课本上方苞的《狱中杂记》,那上面说:"某氏以不孝讼其子,左右邻械系入老监,号呼达旦……"清人这样做,省去了多少民事警察。

七、赌咒

这习惯由来已久,要追根就追到孔老二身上。《论语·雍也》说:

> 子见南子,子路不说。夫子矢之曰:"予所否者,天厌之!天厌之!"

翻译成现代汉语,那就是说,南子是个荡妇,孔子去见她,引起了子路的怀疑。孔子一再解释自己并无他念,子路就是不听。孔子只好赌咒说:"我所说的如果不是事实,那就让老天灭了我,让老天灭了我吧!"

中国人习惯于赌咒,凡遇事理不明不能证实自己的话时,就以赌咒来表白自己的心迹。如《红楼梦》第二十三回宝玉求告黛玉道:

> 好妹妹,千万饶我这一遭。原是我说错了。若有心欺侮你,明儿我掉在池子里叫个癞头鼋吃了去,变个大王八,等你明儿做了"一品夫人",病老归西的时候,我往你坟上替你驮一辈子的碑去。

"若有心欺侮你"——这是设誓,假设之词;"明儿我掉在池子里叫个癞头鼋吃了去……"这是发誓,假定前提的必然结果。从设誓到发誓,这就是我们说的"赌咒"。

农村乡下,没有治安警察,没有工商税收干部。货郎小贩走街串巷,针头线脑自由买卖,都凭良心来维持交易。良心如果不能解决问题,退一步的手段就是赌咒。譬如:乡下人买盐巴,回家一称,少了二两。出门找小贩,说他称得不够数;小贩不认账,反而说乡人进屋有没有把盐拿下二两,他不知道。双方争执不下,只好赌咒。乡下人说:"我要是回家拿下盐巴再来找你论理,就让我今晚吃了昧心盐,明早就死当头儿。"小贩也不示弱,立即回应:"我要是少给人家二两盐,叫我回家碰上当头儿出殡。"赌咒如此,二人再无话讲,矛盾到此结束,双方各自回家。乡村又恢复平静,大家相安无事。

一场民事纠纷,消失在一个赌咒中。

八、娘家人

一家亲戚中,父子关系最近,其次就是甥舅。如果父亲已死子女尚幼,这个家族的担子就由舅舅承担。从此事无巨细,都由舅舅做主,大至兄弟分家,男婚女嫁,小至子女上学就业,是学文还是参军、从政,舅舅作出最后决定,外甥只能服从照办,没有讨价还价的余地。至于子女对母亲是否孝顺,更是当舅舅的说了算,舅舅就是法律。到了母亲去世以后,舅舅就率领表兄、表侄,前来姑娘家挑理闹事,先责备外甥招待不周,再挑剔丧事礼数不够,接着讲述自家姑娘苦难、勤劳的一生,像回忆一部不幸的家史。一把鼻涕一把眼泪,又是讲述又是数落。情绪逐步酝酿,高潮自然形成。待到最激动处,娘家人就会对死者家属施以拳脚,乃至大打出手。受责者只能跪地受领,叩头承认罪过。只要不打得皮开肉绽,邻居们也不来解劝。这叫"娘家人来出气"。气出罢后,一切恢复正常,两家亲戚照旧来往,表哥还是表哥,舅舅还是舅舅。好像什么事也没有发生过。

《妇女自由歌》说:"旧社会,好比那,黑咕隆咚的枯井,万丈深。井底下,压着咱们老百姓,妇女在最底层。"最底层的妇女嫁到婆家,操劳一辈子。死了让娘家人来出出气,在情理上似不为过。

我所知道的河南大学

河南大学创建于 1912 年,原名"河南留学欧美预备学校",校址坐落在开封城东北隅的明伦街上。为什么叫"明伦",明伦是宣明伦理的地方,即学校教育机关所在地。这里是前清时的贡院,因此,街名叫作"明伦"。《孟子·滕文公上》说:"设为庠序学校以教之。庠者,养也。校者,教也。序者,射也。夏曰校,殷曰序,周曰庠;学则三代共之,皆所以明人伦也。人伦明于上,小民亲于下,有王者起,必来取法。是为王者师也。"

明伦就是学校。开封在以前是省会所在地,省会的学校就是贡院。贡院是读书人考试的地方,科举时代考取功名,通过县、府、院三级考试高中成为秀才。从此穿上襕衫,进了县里黉学学习,这叫进学。进学之后,就是有身份的人,上堂打官司见了县官,可以立而不跪。秀才学习四年,逢上大比,再经考试选拔,就能到省城贡院考举人,那叫"乡试"——省级科举考试。乡试考中,就成了举人，从此人称老爷，准你出仕为官，成为人上人耶。举人到京城参加由礼部主持的会试，这是中央一级的考试，录取之后才有资格参加殿试，由皇帝考选，选中者成为进士，就可以出来当大官了。

河南的贡院，本是我省乡试的场所，但在科举考试的最后两届（1903年、1904年），却用作中央一级的考点。

中央一级的会试，照例要在京城举行。但是，在义和团运动中，北京杀过洋人，八国联军侵略中国，强迫中国政府与之签订《辛丑条约》。和约除要中国割地赔款外，还规定：凡杀过洋人的地方，停止科举考试五年。杀过洋人的地方很多，北京也在其列，于是那里不得举行会试。辛丑之役，慈禧和光绪逃往西安，和约签订，銮驾才由西安返京，向东路过开封，在这里驻跸两个来月。可能慈禧太后对开封城有了好感，于是1903年要举行的全国会试，北京不能举行，就改在开封来考。但对全国宣布，不说是投降条约规定北京不能考试，而说是八国联军烧了北京贡院，那里没有合适的考场，所以只好改在河南贡院举行。

于是，河南贡院举行了我国科举史上的最后两届（1903年、1904年）会试。

贡院的考棚，都是什么样子呢？

贡院的考棚，都是单间，内设二长板条几。室内有磴，条几放高磴上可以为桌，放低磴上就能成凳。考生伏在上面答卷，条件简陋，也算勉强凑合。考试中间无处睡觉,中午累了,并二条几于低磴之上,又成了床,可以小睡休憩。考生黎明入场,不交卷不得离去,吃喝拉撒全在此一间考棚之内。所以考生入场,必携考篮。篮中盛笔墨文具之处,尚有饮水、干粮以及便具……此物必经检查,且要搜身,以免夹带。考试以天明为开始,能看得见,你就做题;日昏为止,看不清卷子你自然就会交卷,不得燃以灯烛,所以不用监考督促。

我们河南贡院里的考棚,一向保存完好。1980年代初我负笈河大,尚见其残留部分,或作教工宿舍,或为后勤、公安办公用房,缩立于大门内之西侧(在今出版社之北),其后即逐步拆除,建为现代化之高楼大厦,壮哉!后因师生呼声甚高,领导顺应民心,又仿建"考棚"于七号楼之西。名称虽是,实质已非,仿古者不知古,其所建考棚,实为后世之民居小屋,不能用于科举考试(即便是模拟考试)矣!

随着形势的发展,1905年,坚持了一千三百多年的科举制度终于宣告结束,贡院停考,闲置了起来。1911年辛亥革命,民国建立,河南省议会有感于学习新兴科学的重要,决心向西方学习,在原来贡院的基础上,建立留学欧美预备学校,学制五年,专门培养出国留学人才。原计划每届毕业生保送二十名公费出国留学。据说这是民国时期,袁世凯当政,偏心河南的决定。这样的学校其他省份均无,全国只有清华大学一所,它是用退还回来的庚子赔款办的,只办留美(亦可留英)班,而河南留学欧美预备学校,则是英、德、英、法、英……一届一届地办;还有南洋公学,他们的毕业生多是靠募捐自费出国的。河南预校办了五届,因为袁世凯一死,渐渐办不下去了,加上"一战"以后,各国经济萧条,出国学习困难。1922年,冯玉祥出任河南督军,他把军阀赵倜(前任河南督军)的家产全部抄没,吴佩孚向他要钱,他把钱给了河南省教育界。省议会有了这笔钱,就在留学欧美预备学校的基础上,设立了中州大学。从此大兴土木,开始修校舍、建大礼堂……学校的名称数易,曾为河南中山大学、河南大学、国立河南大学……但大学教育的性质一直未变。

1922年,军阀曹锟当权,用每人一张伍佰元的现金支票,收买国会议员,选他当了大总统。我校教师邵茨公(瑞彭),时任国会议员,他拿到现金支票后,连夜奔赴上海租界内,将支票照相影印于报端,并著文揭露总统选举丑闻。消息传出,全国震惊,国人痛骂曹锟贿选,骂国会为猪仔国会,骂议员为猪仔议员,成了民国史上的一桩公案。

河南大学之礼堂,筹划开工于1931年,历时五六年竣工。大礼堂坐落在大门正北,一条甬道直通堂下,堂台高五尺,这是按照礼制的规定而建的。《礼记·礼器》说:礼"有以高为贵者:天子之堂九尺,诸侯七尺,大夫五尺,士三尺"。河大的堂高五尺,说明当时的建筑设计者,是把大学生当作"大夫"一级的官吏来对待的。1905年废止科举,把已经中过的举人集中起来,成立京师大学堂。举人都是"老爷",把老爷按"大夫"对待,基本上不亏多少。堂前有东、西两座台阶,迎送客人时,主人走东阶——后人称主人为"东家";客人走西道——后人称客人为"西宾"。堂内地板用水泥,系由美国越洋运来,至今已八十年,尚坚硬无损磨痕迹。大礼堂设计科学合理,数千座位直对舞台,无一会被遮挡。但二楼之台下竖起四根柱子,挡住了后排的视线。据说建成之时,原无四柱,杞人担心二楼会塌下来,建筑者许心武校长力保其不会坍塌。但大礼堂未建成许即去职,后继者为防万一,还是在下面添了四根柱子,挡住了后面的座位。杞人总是要忧天,奈何?

抗日战争中学校西迁,日寇宪兵司令部盘踞河南大学,大礼堂铁座椅被全部拆走,两幢贡院碑也扑倒埋入地下,河大成了杀人场,哪还像一个学校。

河大西迁校部,文、理、法三院上了鸡公山,农、医两院迁往镇平。1939年5月,日寇侵犯豫南,河大迁往嵩县,医学院住县城,校部与文、理、法、农各院住潭头。嵩县位于大山之中,交通闭塞,土匪出没横行,河大为什么迁到这里?因为校长王广庆与张钫(伯英)为至交,张钫起家于豫西山林,和其他各路响马都有着割舍不断的关系。河大来此,张发话:任何人不准为难河大。所以,学校在嵩县流连五年,没有发生过被抢、被劫、被盗事件。

但山区地瘠民贫,学校物资供应十分困难。学生住深山古庙中,以膝盖当桌,砖、石为凳,听课笔记,坚持学习。校长王广庆,长年忙碌为师生调购粮食,仅能买到少许小麦和一些苞谷,而且时时难以为继。师生给校长起个外号,叫他广庆粮行。大家长年吃的是苞谷面,少数南方同学,家里能寄些钱来,他们也只能在村头小店中,买一盘小菜,吃一杯老酒而已。师生住室,全部借用民居,茅屋陋房,无以取光,则在墙壁上凿以孔洞,糊以薄纸,可以透进一线光明,同学戏称"日光灯"。夜需读书,只好以桐油、楝子油灯照亮。就是在这样环境中,同学们不忘学习,艰苦奋斗,1943年全国大学生论文竞赛,河大文史系宋景昌同学以一篇《全国皆兵论》作文,举手夺得全国第一名。政府授给他奖金、奖状,河大也获得了锦旗。宋为抗日学生争了光,为河大学生争了光。这时在教育部举行的全国各大学考绩评比中,河南大学曾名列第二。

河南省的教育经费,自冯玉祥督豫开始,以全省契税充之,实行经费独立。所以北洋政府时代,教师薪水没有保证,北京等地,学校大闹索薪,请愿罢教,搞得不亦乐乎。唯独河南无此类事,不仅没有,而且由于经费充足,教育事业发达,所以开封城书肆林立。全国各大书局商号都在这里设立分店售销。在解放前的出版物版权页上,所印各大商埠分销处名单,一单一单都有开封。由于书店集中,家家相连,于是形成了一条南北书店街,从鼓楼往北,连绵数里,直到东大街。抗战开始,开封沦陷,河南省府命令学校撤退,只准搬入后方,不准就地解散。一时豫北、豫东各级学校纷纷迁往南阳、洛阳继续办学,各地书声不绝。但抗战日久,国土沦丧,税收日益减少,教育经费难以为继,虽然政府苦撑,但终非长远之计。在这种情况下,学校才向国民政府申请,改河南大学为国立,以减轻河南人民的负担。1942年3月,河大改国立获准,在潭头举行挂牌仪式,学校跨入了国家级大学的行列。

在改国立的活动中,广大学生是拥护的,只有个别头目,担心改国立后河大属教育部管辖,害怕部里要改变人事,一朝天子一朝臣,摘了他们的乌纱帽。教师不敢多言,怕支持改国立会得罪领导,一旦改不成国立会敲了自己的饭碗,于是明哲保身,少说为佳。但形势如此,改国立终成事实。

1944年5月,日寇进犯豫西,汤恩伯几十万大军不予抵抗,溃败于群山之中。河大做好撤退准备,突遭日兵袭击,人员、物资损失惨重。医学院院长张静吾、农学院院长王直青,均不幸被俘,后跳崖脱险;张之夫人吴芝蕙被日兵刺刀挑死,侄子张宏中被刺刀挑破食管,救治八年方才康复。男女同学,被日寇追杀,多数未能逃出鬼子魔掌。

在这次突发的灾难中,潭头人民群众自觉自发地保护河大师生,救助伤员,掩埋殉难者。有一位李永信老人,从牺牲的河大师生身上掏出其手章,认准姓名将死者埋葬,为之守墓六十多年,死前将死难者遗物交给其子李中贵,继续等死难者家属前来认领遗骨。兵荒马乱,他等了七十年,终于找到了死者的亲属,在烈士坟前立碑留念,实现了这位忠厚老人的夙愿。河大师生仓促逃难,学校的图书、仪器丢失殆尽。群众自觉保护河大物资,没有发生一起哄抢事件。形势稍定之后,河大派人潜入敌后,找回了不少图书、仪器。连化学第一只贵重无比的白金坩埚,还在原地放着未动,被李俊甫教授冒死找回。河大图书馆能够成为河南最大的图书馆,成为全国图书重点保护单位,与河大流亡途中得到沿途群众的保护是分不开的。

潭头遇难后,学校师生翻越伏牛山,抵达淅川荆紫关,又在民房、古庙中安身下来。1945年夏,日寇进攻宛西,学校再次逃难。师生们肩负行囊,徒步跋涉八百里而至西安,从西安坐火车西行至宝鸡,又在破台古庙中安下身来。

抗战胜利后,河大学员回到开封,在满目疮痍中重建自己的校舍。张邃青教授指挥工人从地下挖出埋藏不见了的贡院碑,把它重新竖立了起来。而大礼堂的铁座椅直到"文革"中期才恢复齐全。

1946年11月,校长田培林调任教育部次长,专管财政,遗缺由副校长姚从吾接任。从此,河大经费充足,很快就发展成了文、理、法、农、医、工六大学院的规模宏伟、科系齐全的大学。

1948年夏,开封第一次解放,人民军队从小南门、宋门攻入城内,未对河大发射一枪一炮。因为驻守河大的是国民党一个保安旅,旅部驻在东六斋。他们与解放军达成协议,双方互不开火,保安旅负责送给解放军一批伪军制服,让战士们化装混进城里。

开封城内龙亭战斗尚未结束,已解放地区就掀起了参军参干高潮。当时解放军正需大批医务人员,河大医学院学生即踊跃报名参军。这时河大教授嵇文甫、王毅斋、苏金伞、李俊甫、赵俪生以及罗绳武、郭海长毅然投奔解放区,蒋介石一听大学教授成批地跟着共产党走了,大为震惊,从此改变对知识分子的态度,变打击迫害为收买拉拢。

1948年秋,河大在国民党教育部胁迫下,南迁苏州。此时学校内部学生民主运动高涨,校长姚从吾无奈辞职,校务由三人小组郝象吾、马非百、张静吾负责。不久成立了校务委员会(七人),由方震中任主任。从姚从吾到三人小组再到七人委员会,校内地下党活跃异常。这时汤恩伯的京沪杭警备司令部就在苏州,如果校方向汤恩伯告密抓人,学生一定会被抓去不少。但姚从吾、郝象吾、方震中……他们都是学者、教授,谁也不屑于干特务的勾当。因此,河大从南迁到苏州解放,学校没有一个学生被抓、被杀,大家安然地等到解放后再回开封。

河南大学有光荣的革命传统,自从成立之日起,就没有一次学生运动她会不参加。"五四"爱国运动,河大学生罢课游行走上街头,抵制日货,誓死争回青岛。五卅运动,河大学生游行示威,向帝国主义者讨还血债。"一二·九"学生运动,河大学生卧轨,派代表赴南京,向国民政府请愿,要求出兵抗日,收复失地。解放战争以来,抗议美军暴行,反内战、反饥饿……多次运动,河大从来不落人后,这就引起了反动派的血腥镇压,1948年6月3日,国民党特务勾结反动学生,开展了对开封学生的大逮捕,抓去河大学生数百人。其中查禄欣同学,被叛徒出卖,敌人拿着照片到监狱去抓人,认出了查禄欣同志。开封第一次解放前一天,他被敌人活埋在西城墙外的沙丘上,解放后被追认为烈士。

开封第二次解放后,豫西行政干校进驻河大校舍。苏州解放后,河南省派郭海长赴苏州接回河南大学。此后开始了大规模的院系调整,水利系调归武汉水电学院,财经系调归中南财经学院。全国院系调整,农学院、医学院脱离河大独立建院,其他学系改为河南师范学院,又与平原大学改称的平原师范学院并列,河大称河南师范学院一院、平原大学称二院。1955年,一院二院重新调整,文科集中一院,后改为开封师范学院;理科集中二院,后改为新乡师范学院。天下分久必合,合久必分。1959年又合开封师专理科为开封师院理科,扩大政治教研室为政治系、体育教研室为体育系。1960年以后,合郑州艺术专科学校为艺术系、音乐系,扩大心理学教研室为心理学系、教育学教研室为教育系,校名又由开封师院改为河南师范大学、河南大学,并入新的开封师专、开封医专且建设新校区于开封城外西北角,规模空前庞大,已成两万多名学生的"大"学耶!

序跋集

《上古华夏妇女与婚姻》后记

我原本不是研究妇女史的。

在"史无前例"之前,我以丹江边上一个中学语文教师,闲暇玩弄一下甲骨文字。"烈火"腾起,我在全县第一个被揪斗。不久先天革命者与后天革命者兵分两派,直斗得你死我活。我没有资格参加他们的战斗,由县文化馆韩秀珍同志私下做主,把他们新建馆西南角楼梯下的一间梯下洞室交给了我。从此开始,我白天挂牌游街,夜晚点灯看书。读者今天能从我的书中看到运用一些文字学的知识,那得力就在于此。

县里开办"共产主义劳动大学",我有幸被选去锻炼改造。校址设在荒冈之上,夜无灯火,一览长天,繁星尽收眼底。这于是引起了我复习古代天文学的兴趣,以致今天能把这些知识也贯注到我的书中。在这段时间里,计中元、李忠堂、张守华、石玉华几位同志都对我进行了鼓励和帮助,我得在自己的读者面前对他们表示感谢!

"史无前例"结束,我以不惑之年再度负笈梁园,得遇李小江同学,所学科目不同,互相也交换心得。她把有关妇女学的难题问我,使我不知不觉也把知识的触角伸向了妇女学领域。天长日久,竟被她拉了过去,于是写出了这部上古妇女史来;所幸还没有被她完全拉走,沾着一个"史"字没有和我的专业脱离。

书写成了,怕惊动名家,没有请人题字作序。这样也好,书是我的,何必劳动他人。但有些人是不请不行的:自己不会作画,劳驾袁丁同志为我设计了封面;没有摆弄过照相机,由刘坤太、薛兴广老师代为摄影。在本书即将与读者见面之际,我再一次对以上同志表示谢意,因为他们都为本书的问世作出了贡献。

1988年6月26日晨(夜)一时,作者于河南大学寓所

《安贞史论集》编后记

先师郭人民教授,毕生从事史学教育,书田耕耘,积劳成疾,于1986年元旦去世。其遗下著作文稿,散见于各报端杂志,学生等不忘师德,将其汇编成集,付梓问世。这一方面是给先师一生学业予以总结,同时也表达学生对老师的一番敬意。

先生的学术生涯,肇端于新中国成立初期,其时史学界鸿蒙初开,筚路蓝缕。先生率先操觚,宣传历史唯物主义,时有文章问世。今天看这些作品,其所运用的观点、论述的内容、得出的结论,或许有点儿简单;但在当时,却都是些人所不觉人所未道的新思新学。1950年代后期,学术界批判之风盛起,先生黯然闭喙。十年动乱,先生辍笔已久,但治学孜孜,未尝一日自止。十一届三中全会春风解冻,史坛方又显先生大名。前后相距二十年,恍然如同隔世。

二十年,我国的史学工作者在各种运动的压迫下负重前进,研究的深入,观点的改变,当然也会影响及先生。所以今天看,先生前期的文章,是以西周封建立说;后期作品,则以春秋为奴隶社会下限。自相矛盾之处,此外尚有许多,那是时代前进的痕迹,学术深入的表现。今日汇文成册,所有旧作,一仍其贯,我们没有权利修改,同时也没有这个必要。至于文中所指,事过境迁,如当时的《历史课本》已远非今日之课本,读者可以根据其发表年代自行判定,不会发生歧疑。旧文手民之误,倒是有所雌黄。恰当与否,均有原作可以鉴定。

论集的出版,颇费周折。所有编辑、审稿、作序、题字、设计……均为先生友人、学生义务进行,群策群力,不取一文报酬。这是出版上的一件新鲜事,值得一书,故为之记。

学生　郑慧生拜识
1993年4月7日

《中国文字的发展》序言

我们中国是一个多民族的国家,我们国家的主要民族是汉族。

汉族所使用的文字叫作汉字,汉族所使用的语言叫作汉语。

但是,汉族又是一个多民族的融合体,她没有特殊的民族习惯与禁忌,没有统一的信仰和崇拜,她占中华民族人口的绝大多数,她的语言文字早已为大多数民族所熟悉、所接受。因此,汉语、汉字在国外,特别是在海外华侨中间,总是被称为华语或中国话与中国字。我写的这本小书是要走向他们中间去的,因此本书的命名《文字的发展》又要冠以"中国",称作《中国文字的发展》了。

中国文字的构成法是象形,至少说,首先是象形。所以中国汉字又被称为象形文字。

但象形字并不占汉字的多数,它的总数也不过有二三百个,无论是在甲骨文、金文乃至现代汉字中间,其比例都不超过文字总数的百分之五。但是,这种造字法是六书的基础,不管什么指事、会意、形声、转注和假借,它们都是由象形字合体、变化而来。它们是象形字的配合与再生,所以他们的本源仍然是象形字。

就中国文字的性质来说,它是表意文字。这不仅因为象形、指事、会意字都在直接表意,就是形声、转注和假借字也在通过自己的义符来间接表意。中国的文字又是可以表音的,形声、转注和假借都有声符可以表音,象形、指事和会意字既能为它们作声符表音怎么不能为自己表音?当你看到玛、码、蚂、犸……知道"马"的表音为mǎ时,难道单独见了一个"马"字反而不知道它的读音为mǎ吗?它如指事字刃作韧、轫、纫……的声符,会意字因作茵、洇、姻、氤……的声符,不都是这样吗?但我们又不把中国文字叫作表音文字,因为这样的表音符号多(总数在一千以上)而且乱(有一个声符能表十几个不同音的),不像拼音文字那样科学而有系统。这能怪谁呢?中国历史悠久、地域宽广,读音的转变、字体的变化,文字适应了这五千年的风雨沧桑,就不可能再保持它在表音上的科学化、系统化!

中国的文字大约有五六千年的历史,研究这历史的文字,必须具有历史的头脑。譬如"家"字,恩格斯在《家庭·私有制和国家的起源》一书中曾经指出,是先有氏族,最后才出现一夫一妻制的家庭。甲骨文中的"家"字,正是氏族的宗庙,所以该字从宀从豕,豕是宗庙里的牺牲。但两千年来人们不懂原始社会史,只知道"家"就是家庭,然后对这个"从宀从豕"的家字就无从解释,一直糊涂到了现在。再如"女"字,那本是妇女的坐姿。古代人坐在自己的脚上(至今延边的朝鲜族人,仍保持这样的习惯),妇女尤其如此。但有人却以此断定这是妇女受压迫的形象,殊不知文字产生于原始社会后期,那时的妇女还没有受到压迫,谈不上什么形象不形象呢!再如"戎"字,从戈从十,这个字不是"十"字,那是"中",古代的盾牌,有戈有盾为"戎"①。后人把它误作"十"字,许慎更把它释作甲胄之甲。但是,商代以前的战士作战,有一个盾牌足矣,哪有什么甲胄可言?

我从事文字学研究数十年,创见不多,但总结出一条经验,凡是以春秋战国人的思想——亦即"义理"来解释文字构造的,其结果都是无稽之谈。什么"止戈为武""背私为公""一贯三为王",统统经不起甲骨文的验证;而从原始社会的实际出发所作出的结论,则总是能与文字的原始面貌相切合。这结论,往往都是简单明了,一语即道破,没有那些绕弯的哲理。如"自"就是鼻子,手指鼻子就是"自己",人人能懂,明白晓畅。你搞什么"推十合一为士",现在的人不懂,原始造字时期,有这样的论理学说吗?

因此我说,凡是那些一语即能道破的造字道理,才有

---

① 见裘锡圭著:《文字学概要》,商务印书馆,1988年版,第62页。

可能是原始人的造字思想；凡是对现代人嬲绕不清讲了半天也说不明白的造字原理，则统统是一些无聊文人的废话！

　　是为序。

1994年6月

《九歌考释》序

公元前3世纪,中国出现了一个伟大的爱国诗人——屈原。他现在已经名贯中外,被列为世界文化名人了。

屈原的诗歌创作,开创了中国上古诗坛的一代新声,响彻古今,三千年享誉不衰,这是大家都知道的。

但他的诗使用楚国方言,所以后人不大容易理解它。从西汉淮南王刘安以来,人们就开始对楚辞作出训释,可见它文义难解,想要读通它,还不是一件容易的事。宣帝时征召能够用楚声朗读楚辞的人,说明楚声在汉代也已经少为人知了。

西汉末,刘向集屈原等人之作为《楚辞》,东汉王逸又增加篇幅,并且为其作注,这是对《楚辞》进行全面训释的开始。此后研究者纷至沓来,都为后世研究者所尊崇。

但由于时代的局限、立足点的不同,各家的认识并不能言之尽义,臻于至善。甚或有鼠璞之讹误,举烛尚明之溢美,形形色色,不一而足。

1993年,殷商文明国际学术研讨会在南昌召开。我只身赴会,于滕王阁下,得识国光红先生。萍水相逢,虽然都是他乡之客,但却能一见如故,促膝谈心,长夜不寐。我服膺他的学术功力深厚,长于小学及民族、文化及历史传说;他称赞我的木讷质朴至诚待人。几度切磋,彼此竟成莫逆;取长补短,相互促进启发。会后我们分道归去,从此音鸿不断。近日国君将其大作《九歌考释》见赐,拜读之后,如茅塞顿开,拨云见日;如大梦初醒,置身于云间天上。

这并非我有意为国君溢美,故说项斯。单就那个《九歌释名》的释"九"为鬼字,就足以使三千年屈学信徒如霹雳灌顶目瞪口呆了。

《九歌》共计十一首,其中十首为神曲,一首是祭悼为国捐躯的死难将士的哀歌。共计十一首,为什么叫作"九"歌呢?有屈赋以来,学者或合《湘君》《湘夫人》《东皇太一》《云中君》各自为一而成"九"之数,或者合其任一又弃《国殇》而成全部的神曲。国君一语,石破天惊:九鬼古通,九侯就是鬼侯,因此,九歌就是鬼歌,包括十首旧神曲和一首新鬼歌。此言一锤定音,从此大家不必再为凑合九数而肢解屈子之赋,并且也真正地理解了"九"歌之"鬼"义。九歌即鬼歌,那是人神之恋,荒古人类的鬼神通人意识也被理出了端倪。

不用欣赏我的赞美了！请打开本书，让国君的著述来一扫千古闲言碎语，而正屈子本义吧！

于苹果园河大寓所

《古代天文历法研究》后记

写一部书,就像生一个孩子。事先充满希望和喜悦,但到十月怀胎,就有说不完的艰辛;至于一朝分娩,更有道不尽的痛苦,光是那自掉身价跑出版单位,就能使英雄气短、志士寒心!

我有幸免此一难。感谢河南省教委科研处提供出版资助。感谢河南大学出版社慷慨许诺,答应为我出版。感谢我的研究生导师朱绍侯教授为此书担任责编。感谢佟培基先生为此书题写书名。感谢刘小敏同志为此书设计封面。感谢冯爱华同志为我绘图。感谢出版社电脑排版的同志为我打出了如此繁难的繁体字。在这些同志的努力下我才能将这一本书奉献给读者。

我的高兴是不可形容的,像产妇找到了产房,而且有这一群"大夫""护士"来为我接生、输血、端盆、送汤!

我的高兴是不可形容的,我仿佛听到了婴儿落地的第一声啼哭。但又担心乐极生悲,生下的不是天使而是狸猫太子、牛头马面。

阿弥陀佛——
阿门!

1995年2月17日于苹果园河大寓所

《甲骨卜辞研究》后记

甲骨学是一门富贵的学问。普通图书馆不购置这类的书,一般人想学它,一见不到资料,二找不到老师,你怎么学?

我三生有幸,大学毕业,分配到豫西南群山中工作。该地山高水长,抗日战争中河南大学流散于此,失落一些图书,群众捡得送交学校,于是在我们的中学图书室里,也有了两本甲骨文著录、论述之类的书。

我大饱眼福,不懂装懂看下去,竟然记住了其中几个字,了解到一些文字学的奥秘,譬如"为"字是役象、"年"字乃负禾之类。从此引起兴趣,"忍饥挨饿",省钱买书。几年之后,也被我购置到一点甲骨学资料来。这中间,离不开魏厚忠同志的帮助,他总是不厌其烦,借钱给我。

我已经被甲骨文迷住,但却不是什么胸怀大志刻苦钻研。向科学进军的誓师会开过多次,走过场的事从来与己无关,我不过是闲中玩味,聊以度日而已。每天还要给学生上课、批改作业,远不至于玩物丧志。

然而"文革"一来,立即横扫一切。学校开赴县城革命。我身无长物,借来一本《新华字典》,闲翻之下,排列对比,无意间看出吴与虞、吾与语、午与许之间的声变关系,也觉比游街看人大有意思。待到复课闹革命之后,我由县城转入乡下,这才有了一间七尺卧室,于是重操旧业,再作冯妇,研究起我的甲骨文来。等到1973年第2期《考古》杂志发表胡厚宣先生的文章,我就赶忙与先生联系,从此得到了胡先生的书面指教,学习才走上正路。几十年来,先生给我来过许多封信,其中1973年9月21日的信,特别令我鼓舞:

去年文博口在北京故宫举办"文化大革命"期间出土文物展览,有中央领导同志问郭老及王冶秋同志,现在我国考古工作者共有多少,冶秋同志答,连中央地方青年老年都算起来,约有一千人。领导同志说,这太少了,我们这样一个大国,有悠久的历史,地下无尽的宝藏,一千人的队伍,哪里够。又问,研究甲骨文的人有多少,答,全国不过十人,领导同志说,这更加严重,应该赶快培养接班人(以上都是大意,并非书面原文)。因您在这方面有兴趣,特书,供您参考。

这消息对我来说是太重要了。尽管在以后的几年里,革命依然压倒一切,卑贱者最聪明,培养学术接班人的指示一直未能落实。但我坚信,祖国需要文化,人民不会忘记甲骨文。

我非圣贤,不能和学生成为一条战壕里的战友,于是只有在夜深人静之时,读我的甲骨学。目的不在成名成家,只是求得心灵上的安慰。经年岁月之后,竟能将《殷墟文字》甲、乙编四本抄录一过,而且写出了一部缀合笔记,失之东隅,收之桑榆,此之谓也。

这笔记,涂鸦之作,不足面世,但总算打下了我的学习基础。正因为此,所以"文革"一旦结束,朱绍侯先生就将我选拔进河南大学,使我这个久居山野的冬烘,得一睹学术殿堂之丰采。

此后就开始了我的笔耕生涯。东涂西抹,已近二十年,积下了一堆于国无补于人无害的文章。于国无补,每次填科研表,遇到"本选题所能产生的社会效益"一项,我总是瞠目无对。是呀!"商代有无嫡妾制度"的研究,能有什么社会效益?

既然没有什么效益,你写它干什么?这问题使我回忆起一个故事——

孩提时代,初入小学。班里有个痴呆"儿童",祖父母溺爱,十七岁了,还让他随我们上一年级。老师让我们默字,他就趴在地上用粉笔写"一"字,上一堂课,能画满一片地,但总是一个"一"字。他也不会数数,老师问他写了几个"一"字,他就数:"一个,又一个,又一个……""总共是几个?""是——一个,又一个,又一个……"第二天,他照样如此写下去,数下去,一个,又一个,又一个……

我今天突然憬悟,我不也是这样的一个傻子吗?不知道有什么意义,却在年年月月地写着,一个,又一个,又一个……

河南大学竟要资助我这样的集子出版,河南大学出版社也踊跃地承担了这一项任务。他们在祖国文化建设事业上也在书写着这个"一"字,不计效益,写着,数着,一个,又一个,又一个……

大家都傻。

1997年7月于苹果园河大寓所

《认星识历》自序

顾炎武在《日知录·天文》中说：

> 三代以上，人人皆知天文。"七月流火"，农夫之辞也；"三星在天"，妇人之语也；"月离于毕"，戍卒之作也；"龙尾伏辰"，儿童之谣也。后世文人学士，有问之而茫然不知者矣。

这段话说的部分是事实。上古时代，科学不发达，缺乏计时工具，历法也相当粗疏。人们为了掌握时令，适时耕作，观察一些天象变化，学习一点直观的天文知识，也是很有必要的。于是"人人皆知天文"，古诗里还出现了这样的句子："东有启明，西有长庚"；"维南有箕，维北有斗……"但是，今天的普通百姓不是也都知道牛郎织女隔河不能相渡吗？这难道不是"人人皆知天文"？

从更高一层的知识来比较，现代社会，人们确实不知道什么是"七月流火"、什么是"龙尾伏辰"。前几年放映一部影片,反映抗战时期上海孤岛文艺界为新四军募集寒衣的事。从电影院看罢出来,能够知道片名为什么叫《七月流火》的观众实在不多。但是,即使在上古社会,那些"无衣无褐"的农人、"坎坎伐檀"的工匠,他们也不是人人皆知"月离于毕""龙尾伏辰"吧!

近代科学发达,到处有准确的时计,每年都公布有精密的历法,这就不需要人人都去观测天文了。所以,今天许多人都不知星象不明历法。科学的进步使学术分工越来越细、越来越专。隔行至于隔山,治癌症的大夫不知"七月流火",搞离子的博士不知"三星在天",这些都非常合理,十分正常,不必引为憾事。

但对正在研究古代文化的"文人学士"讲就不同了,你不懂得分野,怎能理解李白的名作《蜀道难》,它里边的"扪参历井"为什么不"扪""历"别的星宿?苏轼的《密州出猎》中"西北望,射天狼",向西北望什么?望天狼星吗?

常见一群大学教授所编的教科书上,竟出现了"七月江南,遍地流火"这样阴差阳错的句子。对于一般群众,不知"七月流火"为何事,那是情有可原的,但对于执笔操觚为人编书的"教授",编出如此可笑的句子,则是不能谅解的。

1950年代之初,我国学习苏联,亦步亦趋。人家的印刷事业创建期短,我们就停止了版本学、目录学知识的传授;人家的拼音文字不论会意、形声,我们就取消了文字、音韵、训诂等这些基本学科。特别是课程改革,删繁就简,天文历法、阴阳五行……全不讲了。中文系剩下了古代文学、近代文学、现代文学,外加文学概论;历史系剩下了古代史、近代史、现代史、史学理论。大学成了高中复习班,教师成了只会念讲稿的传声筒。所以数十年来,我国不出史学大师、文学大师,人才速而不成,却造就了一批"遍地流火"的伪劣教授。这其中的聪明人编书就知道绕过雷区,也就是绕过难点,那些鲁莽而愚勇的傻瓜则无意中踏响了地雷。王力教授在《中国古代文化史讲座》一书中写到"龙尾伏辰"时说:"这一段话在《古文观止》和我主编的《古代汉语》的《宫之奇谏假道》里被删去了,因为难懂。"[①]但王力先生在该书同一页里详细地解释了这一问题。[②] 这说明王先生自己确实懂得。但此后所出的许多版本的《古代汉语》,无一不删去了"龙尾伏辰"这一段话。我不知道这些编者是自己懂得、只为难讲才删节了古文呢,还是连自己也不懂得而绕过了雷区!

但是,冒充的文人学士,是不可能每次都能安全地绕过雷区的。曾听说有一艺术家作一大画,画面上一轮下弦月横亘中天,月下一座大楼,从一排排楼窗口里露出莘莘学子,他们在一盏盏电灯下发奋苦读。画名曰"群星灿

---

① 王力等著:《中国古代文化史讲座》,中央广播电视大学出版社,1984年版,第2页。

② 同上。

烂"。画家不知下弦月亘天已是傍午时分,傍午时分的天上既看不到月亮,楼窗口也不会闪出电灯光,哪里来的"群星灿烂"?

又见一画为夜色美景,画面上一轮残月,其背光月面上,缀着一颗明星。画家连月离地近只有月掩星、没有星遮月的道理都不知道,他又闯入雷区,踏响了地雷。

《史记》中有《天官书》,"学者"读不懂它,却来探讨"究天人之际"这句名言的含义,结果是异说百出,形同射覆,无一中的。

看起来文人学士,还是得懂一点天文。

其实,何止是文人学士,就是一般的文化青年、工人干部,也应该懂得一点天文,掌握一些历法知识。有了它,你夜观天空即能知时间,看北斗星即能辨方向,航行海上看时间和星空即能知方位,农民更能根据历法预知播种、收获的日期和收藏时间,渔民据历法而知潮起潮落,军事家根据潮汛而计划登陆作战。就是那些学习文史知识的大学生,他们不学天文历法,又怎能彻底弄懂中国文化?

历年来,余所教学生均要求讲授天文历法之学,但苦于没有教材,一直是自编讲稿,由学生随堂笔记。近年教务略闲,连忙整理旧章,仓促付梓,聊以应对生徒。本意想帮助学生多学点文化知识,又恐自己不懂装懂闹出一些笑话,给"儒林外史"增加一些新的噱头。

我学无师承,读书也是信马由缰,任凭兴之所至,漫步去来。所以学问总是一知半解,不能形成体系。偏又好为人师,强作解人,率尔操觚,三碗酒下肚就敢写这部讲稿,马齿徒长而来冒充初生牛犊逗老虎玩。最后评功会上只要落个精神可嘉的美名,则余愿足矣!好在付梓之后,会招来大批专家学者的责难、纠正,不至于完全自误误人。如果能由此引出更多更好的著作问世,则抛砖之过,庶几可谅;而引玉之功,则不敢自鸣得意矣!

识于河南大学

《认星识历》后记

　　天文学是写在天上的学问,我们的先人早就知道研究它。《易·系辞》说:"古者包牺氏之王天下也,仰则观象于天……"观天观出了问题,屈原写成了《天问》;观天观出了人事,司马迁强调"究天人之际"。

　　现在,"文革"结束快三十年了,读书、考试、升学、留洋……已经形成潮流,学外语、学电脑、学开车……也都蔚然成风。什么样的知识都有人学,什么样的书都有人读,三教九流、诸子百家的著作均已一版、再版,连金庸的武侠小说也被请进了浙江大学,二月河的清代帝王也拍成了电视剧上映。唯独这抬头即见的天文学却没有人来读,因为它没有用,大学里不用它考职称,读博士它不是必修课……但我总觉得它是中国文化的重要组成部分,是我们祖宗遗留下来的宝贵财产。我们不能看着它被逐渐丢弃,于是我写了这本《认星识历》,借以把我国古代的天文历法之学推荐给大家。

又及：

本书正当编写之际，惊闻为书稿提供《五大行星运行位置表》的徐振韬教授突患脑梗死，抢救不及，遽然去世。噩耗传来，令人哀伤欲绝。其夫人蒋窈窕教授强忍悲痛，慨然担负起星表之未尽任务，使本书能按时出版。对于徐先生之过早弃世，深表悼念！对于蒋女士的勇于负责，谨致以崇高的敬意！

2005 年 2 月 24 日

《司马法校注》后记

我本太平人,非为乱世犬。战争,只是从电影里看过;火药味,倒是在过年时常常闻到。

1978年,我从养育自己十七年的秦豫鄂大山中走了出来。年逾不惑,投身郭人民先生门下。当时个人事无所成,先生指点校注兵法。我平素惯写一点无病呻吟的文字,改搞金戈铁马,实感左右掣肘、力不从心。但碍于先生情面,只好硬着头皮去做。自此每日点校一字一句,积久成习,兴趣渐次增长。等到我嗜之如命不可须臾而离之的时候,这才深感先生选题之精、知事之明。愧我材非良马,有负先生重托。但就个人来说,总算是猪八戒得到了钉耙,强似他人青龙偃月刀了。此后经年,日为司马法叩教于先生,每得一义,辄加咀嚼。这样一直到1985年底,31日完成初稿,先生闻之喜不自禁,侃侃谈至十二时半。谁料晴天霹雳,元月一日晨传出消息,先生心脏病突发,不及抢救,溘然长逝。

只会痛苦是无益的。我一字一句誊好原稿,交给出版社审核。文中优劣短长,先生已不能顾及,只有敬祈读者不吝赐教了。因与先生有言在先,先生猝然不能践约,不再请人题名作序,只以心香一瓣,遥祭先生于冥冥之中。呜呼哀哉,空搓双拳,于事何补!

谨识于 1986 年 7 月 8 日

《中国古代文化专题》后记

郭人民先生是我的大学导师,执教经年,春风化雨,桃李满园。他不仅先后培养出了大批弟子,而且领导我们古代文献教研室,开设古代文化史讲座,从而编出了这部《中国古代文化专题》讲稿来。

我忝列先生门墙,谬充教研室一员,蒙先生错爱,不以顽劣见弃,耳提面命,雨露恩泽,竟使我这个村野小子得识句读,进而还敢搦笔涂鸦,这全靠先生教育有方了。

1986年元旦,先生猝然离世,留下这一部讲稿尚未杀青,就由学生来整理出版。讲稿一部分为先生手泽,一部分为学生补作,但补作者的学术思想,则均承受于先生。因此,全书均应视作先生创作成果。但因学生愚鲁,在补作中不能领会先生意图,难免会出现以麟为怪兽、以鹗为凤凰的错误,画虎不成反类犬是必然的。这一切,就要追求整理者——学生的责任了。所以本书作者要由老师和学生共同署名,以此表示:全书学术成果都是先生的;最后执笔定稿,要由学生来负其文责。

  岁月无情,逝者如斯。转瞬之间,违先生教诲已经十七年。十七年来,每每伏案笔耕,总觉得先生就在身旁,他的学风、他的治学精神,永远在指导着、督促着我们前进。先生本人,也在这学术的深山中垦殖,披荆斩棘,筚路蓝缕。先生永在,你如问我:"你的老师究竟在哪里呢?"我将用一首唐诗作答:

    松下问童子,言师采药去。
    只在此山中,云深不知处。

学生 郑慧生
2002 年 7 月 3 日

《先秦史要籍介绍》封底文字

先秦社会,是中国历史的源头,中华文明的摇篮。我们远古的"北京人"已经知道用火,并掌握了保存火种的知识;此后,华夏大地上,就有了人类聚居的村落和城郭。社会出现了,也出现了国家的萌芽。人们着手总结初步的天文学,编订粗疏简单的历法,并开始创造文字。这以后又是汤武革命、又是西周封建,诸侯争霸,带来秦的统一。

一部先秦史熙熙攘攘、绚烂夺目,它还给我们留下了诸多的文化典籍。典籍共有多少?都是由什么人、在什么情况下编写、流传下来的?这些文献资料的真伪情况、它的历史价值是什么?我们应该怎样研究它、使用它?以上都是此书所要解决的问题。古人云:"展卷有益。"俚言如不谬,则敬请一展本卷。

《〈山海经〉简注通说》后记

经济社会,动不动就要钱。出书要缴赞助费,定稿要缴版面费,申请学位要缴答辩费,评定职称要缴评审费,考评过关要缴检查费……前几年,收到从英国伦敦寄来的一张表格,要我填份自传寄去,以登载于《世界名人录》上,我高兴得合不上嘴。但一看信的末行,每份自传收费七百美元,我傻了,合不上的嘴巴长抽一口冷气,合上了。

我问朋友,世界上哪会有傻瓜去拿七百美金来上这个当呢?朋友说:有人。但人家不是傻瓜,人家是官,有权拿公款去报销!

我生也寒碜,从上学到教书,从无一官半职,只在"文革"中被揪进牛棚,当过几天棚长。此外奋斗一生,从没有和官字沾过边儿。不当官,哪来的权?没有权,找哪个秘书去报销?

不料天无绝人之路,不要资助还给钱的事竟找上门来。振宏约我写《山海经简注》,不收赞助费、版面费,还给稿酬。我像赵丽蓉演小品,高兴得直叫:"总……总监,你给我 D.V,还要给我钱?"振宏同志要我在合同上签字,我毫不犹豫地写上了自己的名字——是身份证上的名字,不是"麻辣鸡丝"。但我也从此累得上气不接下气,合不上嘴巴!

　　书写成了,出版社照章履行合同,振宏也没有提出要扣"劳务费"。长江后浪推前浪,我比赵丽蓉老师幸福。

　　让那些赞助费、版面费、评审费……见鬼去吧!我只要稿费。因为——

　　"君子固穷",穷就知道要钱。但"固穷"是孔子说的,他是我们知识分子的祖师爷,可也是个穷酸。

2007 年 6 月 9 日于仁和小区住室

刘配书先生《我读〈现汉〉第 5 版》读后

　　一部词典，三四百万言。想从中找出几条错误，还不容易？

　　但也未必。词典的编著，几年一修订。经手者有正、副主编以及编辑、修订……每版都有几十人。几版过后，经手的专家学者都要在百人以上。从上百人的炯炯目光下想找出几条错误，怕也不是件轻而易举的事。

　　我曾尝试过这种挑刺的工作，深知其中之难。今见刘配书先生也来挑刺，更深知他勉为其难。

　　勉为其难，我们都是没事找事的傻瓜。找事不成还可能被别人找着事，那叫丢人现眼，自找没趣。这样的傻瓜真是傻透顶了，无可救药。

后学郑慧生拜书
2009 年 6 月 8 日

《究学碎语》序

孙顺霖同志的文集《究学碎语》要出版了,他让我为他的书写一篇《序》,我答应了。不答应不行,因为我们是朋友。

顺霖同志从小喜欢看书,幼年失学,在家当农民,时不时地还出外干点儿杂活,做零工。他18岁参军入伍,忙中笔耕不辍,为军报写一些通讯报道。稿子寄出之后,往往石沉大海。但他不气馁,终于在1964年9月30日的沈阳军区《战友报》上,发表了自己的文章《畅谈家乡形势,歌颂祖国巨变》。这是他从军之后又兼而为文的开始。顺霖同志从此更加努力,一边读书一边写作,后来调进师政治部宣传科里当干事,给军报写稿成了他的工作任务。1975年,他转业回到河南,抓紧机会进了省教育学院中文进修班,一面学习一面研究,不断有一些考证文章发表。后来他调任省教委高教处任副处长,立即和我们这一批高校"冬烘"成了朋友。

这样有人会问:你们几个高校里的"冬烘",怎么和一个当官的成了朋友?这事也的确很怪,就以我个人而论,一向怕当官的,远离当官的,特别对那些从教不成只好当官的草包,避之唯恐不远,怎么竟和自己的顶头上司成了朋友?

因为,他不像个当官的,只像个朋友!所以我们都叫他"老孙",没有人叫他处长。偶然叫一声"处长",那准是敲其竹杠,要他请客。

他和大家相处,总是在研究学问,或向张三讨教,或从李四问学。要不就和盘托出自己的研究计划向大家征求意见。众人总结说:"老孙见了专家、学者,要不从人家肚里挖走一点学问,他决不放你回去。"

老孙爱学习、会学习,在高教战线上干了不到十年,就写出了一连好多篇令人刮目相看的文章。如考证《左传》"郑伯克段于鄢"的鄢不是杜预说的"鄢陵",而是《战国策》上的"衍"、《史记》上的"衍氏"。是呀,衍在今郑州之北,共叔段据"京"叛乱失败后,为什么不向北跑向"衍",以便再败再向北跑向"共"(今河南辉县),却向南跑向鄢陵,再败才向北跑向"共"呢?可以说,孙氏的《"鄢"考》刊出,竟一扫《左传》旧注迷雾,使杜预蒙羞九泉,实为我辈所不忍睹!再如李白《蜀道难》中的"西当太白有鸟道,可以横绝峨眉巅",峨眉在今何处,诸家都以为在"四川峨眉县西南峨眉山"上,然而蜀道为由陕入蜀之险道,其由长安经川北至成都也就罢了,为什么还要跑到成都之南去险去难呢？孙氏《李白〈蜀道难〉中"峨眉"辨释》一文,辨出了"峨眉"指今四川广元县之"北峨眉"。如果不是孙氏辨明,我们还以为大诗人李白在描写蜀道之难时,流嘴说到了蜀道之外呢！看了孙氏的文章我们才为李白松了口气。相信诗人也会含笑九泉,感谢孙氏这一"辨"哩！

除了以上的考据,孙氏还把大量的精力用在了古籍整理方面,他整理出版《耳谈类增》,点注《十叶野闻》,理论《天台宗》,出版《竹书纪年》,组织点校《天中记》,编写《民国学案》,这些都是学术上的难点,老孙都不计成败地去做了。他对中国文化的大小问题都感兴趣,曾挖掘、分析中国人的赌博、中国人的盗墓、中国人的交友、中国人的幽默等问题。他处处立说事事成文,为我们民族的文化,呕心沥血,写出了一连串观点鲜明、分析鞭辟入里的文章。

当然,金无足赤,人无完人。老孙的文章也并非尽善尽美、一切都说到了头。譬如《古诗文教学中几个常见问题的探讨》中,他解释"夕餐秋菊之落英"中的"落"字具有"始"义,引经据典,左右逢源,但就是没有想到举毛主席"落花时节读华章"之例。柳亚子呈毛主席诗写于1949年5月5日,主席和柳亚子诗写于1949年夏。那么主席读柳亚子诗一定在5月5日到盛夏来临之间了,5月5日至盛夏来临之间为"落花时节",这个"落花"当然就是始开之花。"落"字之具有"始"义,是毛主席的诗就已经证明了的。

总的来讲，老孙能由行政官员转入文化研究者专家行列，而且研究之硕果累累，大致得力于以下三点：

一是占天时。老孙初当官，就遇上了揪出"四人帮"、全党全国尊重知识尊重知识分子的年代。如果在"文革"中，就不会出现老孙这样的干部，有你老孙也要把你打下去。

二是据地利。老孙出生于河南，中年以后又为官于河南，他熟悉河南的地理，熟悉河南的山川河流、风俗人情。所以他考证有关河南地理历史，总是如数家珍，得心应手。考证《郑伯克段于鄢》的地名，分析陈涉戍边的走向，叙述僧格林沁的授首，介绍天台宗的发展，说明嵩阳书院的兴衰……篇篇不离河南。文中的地方他都到过、看过，没有实际的考察，写不出那样扎实的文章。所以说老孙搞学问的特点，第二个就是据地利。

三是有人和。看老孙的文章，几乎每篇后面都写着："本文曾与某某教授共同研究……""本文曾经某某先生热情指点……"专家们乐于和他共同讨论，权威们甘心给他学术上贡献意见，因为他没有架子，又善于学习，所以大家都是朋友，但又不是酒肉朋友。就以我俩而论，我带孩子路过郑州，曾到他家吃过蹭饭；他到河大开会误了早点，我领他到家吃过残汤冷馍。爱人给他端出一碟炒煳了的花生米，他过后告诉别人说，到我家吃的是花生炭。就凭这一碟花生炭的友谊，他要我给他的论文集写序，我就不能推托,只好拉拉杂杂写出一派不着边际的话——老孙看了该要笑我,又端出了一碟花生炭。

2005年7月20日于河大

《春秋时期鲁国历法研究》序

顾炎武说过:三代以上,人人皆知天文。七月流火,农夫之辞也;三星在天,妇人之语也;月离于毕,戍卒之作也;龙尾伏辰,儿童之谣也。后世文人学士,有问之而茫然不知者矣。

对天文茫然不知,这不能全怪后世的文人学士,明清之世科举取士,大家忙于八股文,忙于破题、承题、起讲、入手……谁还有闲工夫过问天文?但科举考试,并不能遮掩住天下士人放眼世界的睿目。明神宗万历三十八年(1610年),徐光启用西法测定这一年十一月朔日(12月15日)日食,其预报经实际天象验证之后,立即引起人们对西方科学技术的重视。崇祯二年五月朔日(乙酉,1629年6月21日)日食,钦天监使用旧法作出误报,促使明政府决心改历,责成徐光启组织"历局",聘请耶稣会教士邓玉函、罗雅谷、汤若望,开展制定新历的工作。但此后,清继明统,大力提倡科举,从此,一代一代的状元、进士裘马过市,谁还有心搞什么天文?

八股文真是一块敲门砖,一旦用它敲开科举之门,中了进士以后,文学士就会弃如敝屣似的丢开它,把研究的目光转到学术活动中来。康熙后期的陈厚耀如此,他有《春秋长历》的研究;康熙晚年的顾栋高如此,他有《春秋大事表》的编辑,就连人们经常说到的乾嘉学派,除段玉裁、焦循只中过举人外,其他戴震、王念孙、王引之、俞樾、王懋竑、阮元、庄存与、刘逢禄、龚自珍……哪一个不是先中进士,后做学问?

清代末年,废科举、尚新学,放眼世界,文人学士都把求知的目光投向了东洋、西洋,天边海外。他们之中也有人专攻天文学,但大家所学的是西洋的天文学,对于我国古代典籍中的天文,则缺乏应有的研究。譬如,有人就把《春秋·庄公七年》中的一句"星陨如雨"看作是流星雨的最早记录。其实不是,此处的"如"字训"而",这个词的意思是"流星陨落而且还下着大雨"。王引之《经传释辞》解释这个"如"字说:如,犹"而"也。……庄公七年《传》曰,"星陨如雨",与雨偕也。刘歆曰:"如,而也,星陨而且雨,故曰与雨偕也。"既然"星陨如雨"是"星陨而且雨",怎么能说那是流星雨呢?

"五四"新文化运动,先进青年举起反传统的大旗,反帝反封建,反对旧的伦理道德。文学界掀起白话文运动,史学界掀起疑古思潮,大家都忙于批判,反倒是日本人在研究中国古代典籍中的天文。新城新藏写了一部《东洋天文学史研究》;薮内清写了《中国の天文历法》,他根据新城新藏的春秋长历图表排出了一个春秋鲁国置闰表。

这时是轰轰烈烈的人民革命,千百万人为了一个神圣的目的慷慨赴死,换取来中华人民共和国的诞生。新生的国家急需建设人才,于是大学提前毕业,学制缩短,人才速成……学科建设学习苏联,中文系砍去文字、音韵、训诂,历史系不讲天文历法,不信,你可去读懂《史记》里的《天官书》《历书》。

其后,学术界开展形形色色的思想批判,脱胎换骨,改造世界观。再也没有人管天文历法。

大学里不设天文历法课程不大要紧,没有课上可以自学。司马迁的《天官书》《历书》是哪个老师教的?所以,"文革"一旦结束,即使没有人教,也会有天文历法的著作问世。今天,关氏兄弟的《春秋时期鲁国历法研究》一书的出版,正应了这个道理。

关氏兄弟出生于一个文化之家,其父关百益(葆谦)是著名学者,近代考古学家、甲骨学专家,曾任河南博物馆馆长5年、西北大学历史系教授多年,留于后世有一百多部著作。关氏兄弟幼承庭训,自小就打下了坚实的国学基础,又受到了良好的现代科学的教育。长兄立言,毕业于北京大学物理系;弟立行也上过多所大学,并留学诺维萨特大学两年。由这样的兄弟两人来研治春秋历法,真可谓条件具备,事得其人。

但是,春秋鲁国历法也不是好研究的。我国的典籍中基本资料有《春秋》及其三传。但《春秋》一书是孔子从鲁国的史料中整理出来的,其中断简补苴,错行漏字,王安石曾讥之为"断烂朝报"(周麟之《春秋经解跋》),此后所编写出来的《左氏》《公羊》《谷梁》三传,长期辗转传抄,也难免鲁鱼亥豕。杜预就曾指出,《左传·襄公九年》所说:"十二月癸亥,门其三门。闰月戊寅……"其中,"闰月"一词,显系"门五日"三字合文之误。余亦见《春秋·昭公二十四年》:"春,王三月丙戌,仲孙貜卒。……夏,五月乙未朔,日有食之。"从三月丙戌到五月乙未,中间夹着个四月只有八天。一个完整的四月能只有八天吗?查《公羊》《谷梁》二传,见该"王三月"均作"王二月",知此处"三月"为"二月"之误。

但即便是这样一份断烂伪误的朝报,历代研究的学者也还是不乏其人。远在晋代,杜预注《左传》,随手编出了他的《春秋长历》一卷;清代的陈厚耀写有《春秋长历》九卷,顾栋高也编有《春秋大事表》六十六卷。他们在编书时,拘泥于单纯追求历史学考证的方法和观点,缺乏天文学方面的造诣,其所编之历表,虽与经传颇似相合,却与天文推算多所龃龉;另一派学者如郭守敬、汪曰桢、张培瑜等,他们片面追求天文推算准确性,却忽略了春秋时期学者的实际治历水平,编制的春秋历表多与春秋经传不符,犯了以后来的天文学知识替古人排列历表的错误。关氏兄弟基于对春秋时期天文学发展水平、历法学进步概况的了解,通过对春秋经传文字的校勘,将天文学推算与历史学考证相结合,才编制出了这一份与春秋经传相合又与天文学推算相符的春秋鲁国历表。今该书杀青即将贡献于世,这是在发掘古代文化遗产上对春秋时期历史研究作出的一大贡献。

2007 年 7 月

《星学宝典——〈天官历书〉与中国文化》后记

为资助出书而欠下的债还没有付清,家里仍堆着包而未销的拙著,"元典文化丛书"的主编振宏同志就来约稿。我不假思索地答应了他,于是开始一个新的劳动历程——爬格子。爬了一年,今日交稿,心中十分畅快,再计划下一个劳动历程……

相识的人问我:一生寒窗,两袖清风,爬来爬去,是为了什么?名利吗,如果为了名利,我应该去编撰《洞房里的枪声》《古庙里的女尸》之类的故事。销上两部之后,再想写作,就会有秘书录音,打字员输入电脑。哪里还用得着自己爬格子?

看黄宏先生的小品表演,觉得大有韵味。一个擦鞋匠要摆阔,雇来临时的仆人。但是见仆人鞋脏,竟不自觉地替人家擦起鞋来。这是为什么?不为什么!这是职业的习惯,个人的本能。

我乡小涂鸦，一无长技。久陷故纸堆中，长年爬格子，不习惯充大款、摆阔气。大款要挺胸凸肚，生怕弄皱了自己的皮尔·卡丹，忸怩作态，你受得了吗？

我生也贫贱，只能爬格子……擦皮鞋，为自己擦，替别人擦，给钱就擦，不给钱也擦，擦出一身汗来，连自家的鞋油也搭进去。看到顾客穿着崭新贼亮的皮鞋走出门去，痛快！哪还有心想他给没给钱！

如果有人对我说：你这是献身精神，为人民服务！

面对如此庄严的词句，回想那些抛头颅洒热血的仁人志士，我羞愧、惶恐，无地自容。请还我一个朴实的名声吧！我没有什么"精神"，只有"擦皮鞋"的习惯。

这一本格子是爬完了，请冯爱华同志描绘星图，她笑笑答应下来。她也是给人"擦皮鞋"，给钱的擦，不给钱的也擦，没有什么"精神"，只有职业的习惯。

1997 年 3 月 31 日

《孙作云文集》出版

　　《孙作云文集》终于出版了,在先生最后工作了25年之久的河南大学,在他突然去世25年后的今天。

　　孙先生的一生,是学者的一生。他生活的最大特点,就是无时无刻不在学、不在思、不在记、不在写。同事们和他出差在外连榻同住,他总会半夜不时开灯披衣疾书……灵感突至,他要马上把记起的、想到的写下来,以免在睡梦中失忆忘记,这是他几十年养成的老习惯。别人虽因清梦被搅而一时懊恼,却又因为服膺他的治学精神而为之叹息。

　　20世纪50～60年代,大学开展阶级斗争,批判白专道路。一时"聪明人"就搁笔闭喙不写一字、不作一语,叫你抓不住把柄。孙先生却照说照写不误。由于"顶风作案",在1958年《史学月刊》开辟的"反右"斗争专栏里,并非"右派"而遭到批判被点了名的,唯独孙先生一人。

　　先生总是"顶风作案",要不怎能写出这几百万文字,怎能有今天《孙作云文集》的出版。全书共六大本,计有《〈楚辞〉研究(上、下)》《〈诗经〉研究》《中国古代神话传说研究(上、下)》《美术考古与民俗研究》。能在阶级斗争的急风恶浪中笔耕不辍写出这琳琅满目的一篇篇珠玉文字,先生的勤奋精神令人叹息。

孙先生是闻一多太师的高足。他在跟随乃师的学生时代,就在《清华学报》(那是清华教授们发表文章的园地啊!)上发表了《〈九歌·山鬼〉考》;继之又在清华大学文学研究会编的《语言与文学》上发表了《〈九歌〉非民歌说》,矛头直指"文化班头"胡适,批判了他的"《九歌》为民歌说""《九歌》非屈原作品论"。这时的孙先生还在读研究生,在教授、大师们眼里他还只是个"乳臭未干"的小字辈儿。但他却昂首阔步登上了《楚辞》研究的殿堂。从此他上下乎求索,辛勤耕作于这块学术园地,四十年如一日,最终成了饮誉海内外的楚文化专家。

《诗经》研究,是孙先生学术活动的又一重要领域。他从《诗经·桑柔篇》着手,提出论据,证明西周时代的"厉王奔彘"事件乃是我国历史上第一次农奴大起义,从而为中国人民革命史找到了起点。他从分析土地所有制入手,阐明了西周社会从领主制进入地主制的嬗变过程;又用民俗学的方法,剖析出了"食鱼""钓鱼"之所以成为后世恋爱、结婚的隐语,乃源于上古初春令会男女的祀高禖、祓禊求子活动。从而把《诗经》中诸多恋歌的奥秘,一下揭示了出来。

古代神话传说研究，也是孙先生苦心经营的一块学术园地。他从图腾崇拜入手，着力挖掘我国史前神话传说的底蕴，厘定了蚩尤以蛇、商人以燕子（玄鸟）、周人以熊为图腾的历史脉络。他指出我国古史中的"三代"，是由三个氏族发展扩充而来的。这对于我国古代氏族制度史的研究具有开拓意义。

美术考古与民俗研究，更是孙先生学术活动的特殊领地。他精通古代史，熟悉神话传说，所以能对中国民俗的形成、演变，正本清源，廓清它的来龙去脉。他对古代的傩戏、近代的傀儡戏、影戏及其产生、表现形式、流派、艺人生平……都有过独到的研究。他写的《中国傩戏史》《中国傀儡戏考》《中国影戏源流》等弥补了中国戏剧史的缺陷，与元朝汴人钟嗣成的《录鬼簿》之于中国戏曲史的重要性一样，功不可没。

河南大学出版社把《孙作云文集》作为河南大学"学人文丛"的第一部推出来献给读者，是颇费了一番苦心的。这不是旧作的复印，而是对孙先生发表或未发表作品的统一整理。这次出版的《文集》，都根据原稿手迹进行了一一校正，原稿模糊不能判定的字，则括以（）号予以注明。总之，每改必有所据，绝不敢以意雌黄。

原载《史学月刊》2004年第4期

《汉字结构解析》序言

这是一本分析、解释汉字结构的书,它通过分析汉字的字形,来解释汉字的字义,指出汉字的字音,并寻找出这些字义、字音与字形之间的内在关系,以此来弄清汉字的结构。

分析、解释汉字的结构,东汉许慎曾经作出了开创性的贡献。他的名著《说文解字》,至今仍是中国文字学的里程碑式的著作。两千年来,对《说文解字》进行研究的学者代代有人,不绝如缕,至晚清段玉裁乃成为该项学问的集大成者。他的名著《说文解字注》,风行海内,是文字研究者案头必备的工具用书。但是,从许子到段公,他们谁也没有见过甲骨文,连金文也极少见到。而甲骨文、金文……它们就是早期的汉字。没有,或者极少见到早期汉字的人却来研究汉字,无异于不知春笋而来研究竹子的生长、不知金沙江而来研究长江的源头。所以,许子、段公他们研究文字的初创之功虽不可没,但他们巨大的成绩中确实也存在一定的瑕疵。这些瑕疵甚至是不能放过的,如训"为"字作"母猴"、"王"字为"一贯三"……就是明证。这就需要我辈后人以甲骨文、金文来考证汉字,来重新研究汉字的结构了,于是就有了我这一部拙作的问世。

汉字的字义、字音与字形之间,包含着一种内在关系,这关系是以符号的形式表现出来的。但符号不等于义、不等于音。如"江"字,从水工声,水之义多矣,一滴水是水,一条河也是水,一片池塘也是水……"江"字所从之水仅为河流之"水",而且还仅仅是众多河流中的一条特定河流之"水"。所以"江"字从水,只是一条特定河流之水,并不是一滴水、一湖水、一湾水之"水"。"江"字工声,但"工声"之音多矣,有古音,有今音,还有阴阳对转之转音。攻、空、虹……缸、扛、项……它们都是从"工"得声,但它们的字音能是一样的吗?如果不一样,究竟应读什么音为是呢?更有甚者,即令某个声符只有一个读音,但也不绝对能让其所构成的汉字就读这一个音。如臧字从臣戕声,臧字并不读戕。所以说,义符、声符只是一种符号,它们只是向你表示:"江"字之义,要从"水符"的范围中去寻找(有时甚至还要从义符相反、相远之义中去寻找,如暗、晚从日,暗、晚之义为无日;猴、狸从犬,猴、狸只是犬的远类);"江"字之义,从"水"之范围内寻找;"江"字之音,从"工"符相近的音类中寻找。这就是义、声要称为义符、声符而不再称作义字、声字的原因。

本书所分析的汉字,都是一般读者所常见、常用的普通汉字。凡1964年以前出版的《新华字典》(商务印书馆)上所收录的汉字字条,悉数收入本书,一一进行解析。该字典不曾收录而为收录字的声符、义符字,为解释所收字方便起见,也一一收入本书,加以解析。如"霸"字从月䨟声,《新华字典》未收入䨟字,为解释"霸"字方便,本书也收入"䨟"字加以分析解释;又如"荧"字从凡、营省声,《新华字典》未收入"凡"字,为解释"荧"字方便,本书也收入"凡"字加以分析解释。有时或为解析古今音变的关系等原因,而引出简体字所对应的某些繁体字。如此累计结果,本书共收入分析汉字约九千多个。

分析汉字的结构,应追本求源。本书所录汉字的古代写法,凡有助于说明其字形结构之来历者,或甲骨文、或金文、帛书、简书、篆文、隶书……均一一摹出。所摹之一笔一画,均有所本,万不敢臆想自画,独出心裁。所恨少小涂鸦,学书似春蚓秋蛇,贻笑大方。故所摹字形,只求横平竖直、位置大致不差,聊合古人书意(书写笔画之意,非书法之意)而已!

本书所收汉字,繁体、简体均及。但分析字形,则只顾繁体,不论简体。如马字繁体、甲骨文、金文都像马之形,合乎六书造字之理,简体之马则只是一个符号,我能如何去作解释、分析?以此为例,则叶之为葉、圣之为聖、书之为書……叶、圣、书均在不加解释分析之列。

本书是一本分析解释汉字字形结构的书,它只负责分析汉字结构与其音、义之间的关系,它不是字典,不负责罗列汉字概念的全部义项。读者如欲查找某一汉字的所有义项,可以去找一般的汉语字典即可解决问题。